LETTRE OUVERTE AUX ANIMAUX
(ET À CEUX QUI LES AIMENT)

Frédéric Lenoir est philosophe, sociologue, chercheur associé à l'École des hautes études en sciences sociales (l'EHESS), fondateur de l'association Ensemble pour les animaux ainsi que cofondateur de la fondation SEVE (Savoir être et vivre ensemble). Il mène depuis plusieurs années une réflexion sur la sagesse et l'art de vivre. Il est l'auteur de nombreux livres – essais et romans –, traduits dans une vingtaine de langues. Ses récents ouvrages, *Du bonheur, un voyage philosophique*, *La Puissance de la joie* et *Le Miracle Spinoza* ont été en tête des listes de best-sellers.

Paru au Livre de Poche :

DU BONHEUR. UN VOYAGE PHILOSOPHIQUE

COMMENT JÉSUS EST DEVENU DIEU

FRANÇOIS, LE PRINTEMPS DE L'ÉVANGILE

LA GUÉRISON DU MONDE

LA PUISSANCE DE LA JOIE

L'ORACLE DELLA LUNA

LE SECRET

SOCRATE, JÉSUS, BOUDDHA

En collaboration avec Violette Cabesos :

LA PAROLE PERDUE

LA PROMESSE DE L'ANGE

En collaboration avec Simonetta Greggio :

NINA

FRÉDÉRIC LENOIR

Lettre ouverte aux animaux

(et à ceux qui les aiment)

FAYARD

Illustrations : Marion Parsy.

ISBN : 978-2-253-09159-2 – 1re publication LGF

À la mémoire de Gustave

« On n'a pas deux cœurs, l'un pour l'homme, l'autre pour l'animal. On a du cœur ou on n'en a pas. »

Alphonse de LAMARTINE

Bien chers animaux (non humains),

Comme l'être humain doit vous paraître étrange ! Vous nous regardez probablement comme un animal parmi tous les autres, mais vous devez vous interroger sur le caractère parfois si contradictoire de notre comportement à votre égard. Pourquoi, par exemple, traitons-nous dans certains endroits du globe les chiens et les chats avec un infini respect, et pourquoi les maltraitons-nous ailleurs ? Et pourquoi, si nous chérissons notre animal domestique et consentons à mille sacrifices pour lui, pouvons-nous, dans le même temps, dévorer avec délectation des bébés – agneaux, veaux, porcelets – tout juste arrachés au sein de leur mère pour être conduits sans ménagement à l'abattoir, alors qu'ils sont aussi sensibles – et parfois même aussi intelligents – que nos chers animaux de compagnie ? Ce n'est là qu'une des nombreuses manifestations de notre schizophrénie morale à votre égard, et je comprends que vous nous trouviez tout à fait irrationnels.

Autant vous le dire d'emblée, je n'échappe pas à cette contradiction. Je ne suis ni exemplaire ni irréprochable à votre endroit, loin s'en faut. J'ai ressenti depuis l'enfance une grande proximité avec vous et j'ai toujours davantage craint mes semblables que n'importe quel autre animal terrestre ! Quand, à peine âgé de trois ou quatre ans, mes parents, tentant de me dissuader de me promener au fond du jardin en pleine nuit, brandissaient la menace des voleurs qui pouvaient y rôder, je leur répondais : « Je sais, mais les loups me protégeront. »

J'ai toujours été sensible à votre douleur, sans doute autant qu'à celle de mes congénères. Encore aujourd'hui, je ne peux supporter le spectacle d'abeilles qui se noient dans une piscine et luttent désespérément pour survivre, et je prends soin de les sortir de l'eau avant d'y plonger. J'ai tout autant de mal à tuer ou à être témoin du meurtre d'animaux terrestres. À tout juste dix ans, j'ai assisté à ma première (et dernière) corrida. J'en garde un souvenir éprouvant. Dès que le picador, juché sur son pauvre cheval aveuglé, harnaché et terrorisé, a commencé à torturer le taureau avec sa pique pour l'affaiblir, j'ai compris que les dés étaient pipés ;

que, dans ce prétendu « noble et équitable combat entre l'homme et la bête », on ne laissait aucune chance à la bête et que l'issue était quasi inéluctable. Je me suis mis à vomir et j'ai quitté l'arène. Quelques années plus tôt, mon père avait essayé de m'initier à la chasse à l'arc. Je devais avoir sept ou huit ans. Il m'avait rapporté un arc de chasse africain et nous étions partis en quête de gibier dans la forêt. Quatre magnifiques faisans se sont levés, l'un après l'autre, à plusieurs mètres de nous. Posté juste derrière moi, mon père criait : « Tire, tire »... mais j'en étais totalement incapable. Comment décider, par pur plaisir, et non par nécessité, d'interrompre ainsi la vie ? De stopper le vol majestueux de ces oiseaux et de transformer ces êtres pleins de vitalité en cadavres inertes ? En revanche, curieusement, je n'ai jamais eu aucune peine à pêcher des poissons. Une petite rivière bordait la maison et il m'est souvent arrivé de confectionner des cannes à pêche de fortune, d'aller déterrer des vers de terre (pas de pitié non plus pour eux !) pour les enfiler sur l'aiguille tordue que j'avais accrochée en guise d'hameçon au bout d'une ficelle. J'ai ainsi pêché de nombreux petits poissons, que je tuais tout de suite, car je ne voulais pas qu'ils suffoquent longtemps, avant de les griller au feu de bois. Cela doit faire quarante ans que je n'ai plus pêché, mais je me souviens de n'avoir jamais ressenti le moindre remords à le faire, alors que tuer un animal terrestre pour le manger m'était impossible. Je ne saurais véritablement expliquer ce « deux poids, deux mesures ». Je suis donc parfaitement représentatif de nombre de mes semblables : je suis sensible à votre souffrance et je milite depuis longtemps pour qu'elle diminue, mais j'ai du mal à résister à un bon plateau de fruits de mer, et même si j'ai fortement réduit ma consommation de viande et que je tends vers le végétarisme, il m'arrive encore de craquer pour un poulet rôti au restaurant ou chez des amis. Je n'hésite pas non plus à écraser un moustique qui m'empêche de dormir ou à éradiquer les mites qui trouent mes pulls… en laine de brebis ! Parmi mes semblables, vos meilleurs amis sont assurément les véganes, qui ne consomment rien qui soit issu du règne animal ni de son exploitation, mais je me sens encore incapable de parvenir à cette pratique pourtant totalement cohérente. Je me pose d'ailleurs la question, et j'y reviendrai à la fin de cette lettre, de savoir si une attitude éthique à votre égard peut tenir compte des degrés de sensibilité à la douleur et d'intelligence de vos diverses espèces, ou si le même respect absolu doit être appliqué à tous…

Les spécialistes du comportement animal, que nous appelons « éthologues », nous ont montré au cours des dernières décennies à quel point nous étions infiniment plus proches de vous que nous l'avons longtemps pensé. Nous savons désormais que, comme nous, vous êtes sensibles à la douleur. Comme nous, vous pouvez avoir une intelligence logique, déductive, capable de distinguer, et parfois même de nommer. Vous employez des formes de langage. Vous savez parfois fabriquer des outils et transmettre des coutumes à vos enfants. Il peut vous arriver de plaisanter et vous adorez jouer. Vous manifestez de l'amour et souvent même de la compassion. Certains d'entre vous ont conscience d'eux-mêmes et font preuve d'un sens moral et de la justice – la vôtre, pas la nôtre – développé. Certes, il existe aussi des différences entre nous et vous, comme il existe des différences entre les espèces. Chacune est unique… à l'image de toutes les autres. Ce qui fait notre singularité – la complexité de notre langage, le caractère infini de notre désir, une pensée mythico-religieuse, une capacité à se projeter dans un avenir lointain et une conscience morale universelle – devrait nous inciter à adopter une attitude juste et responsable envers vous. Et pourtant, nous sommes le plus souvent mus par l'instinct le plus stupide à vous dominer et à vous exploiter, selon le vieil adage de la loi du plus fort. Certes, nous habillons cet instinct prédateur et dominateur de mille artifices intellectuels et rhétoriques. Car un des caractères singuliers de l'être humain, c'est bien aussi cette extraordinaire capacité à justifier ses désirs ! Comme l'a souligné le philosophe Baruch Spinoza au XVIIe siècle : « Nous ne désirons pas une chose parce que nous la jugeons bonne, mais nous la jugeons bonne parce que nous la désirons[1]. » Cela nous arrange d'exploiter un âne, d'assister au meurtre d'un taureau dans une arène, ou de manger du cochon de lait… Qu'à cela ne tienne ! Inventons de bonnes raisons – économiques, culturelles, biologiques, gastronomiques ou religieuses – de le faire, afin d'assouvir notre désir… en toute bonne conscience.

De même que nous ne pouvons penser à votre place, de même vous ne pouvez comprendre ce qui se passe dans notre tête. C'est pourquoi je vais tenter de vous expliquer la vision que nous avons de vous et de nous-mêmes. J'aimerais vous raconter la longue histoire du lien qui nous unit et des justifications que nous avons trouvées pour vous dominer, vous exploiter, et vous tuer aujourd'hui de manière massive. Je vous parlerai aussi des êtres humains qui ont toujours refusé, et qui continuent de refuser, cette exploitation et ce massacre de masse. Je vous dirai enfin quelles solutions nous pouvons envisager, nous autres humains, qui sommes l'espèce la plus puissante et, donc, moralement, la plus responsable, pour mieux vous respecter, bien chers animaux, vous qui ne pouvez exprimer avec nos mots ce que vous ressentez. Je ponctuerai aussi ces lignes de citations de certains de vos amis les plus éloquents – écrivains, philosophes, scientifiques, poètes – qui savent qu'un être humain ne peut grandir en humanité qu'en étant le plus respectueux possible de tous les êtres sensibles peuplant la Terre.

1

Comment *Homo sapiens* est devenu le maître du monde

Depuis fort longtemps, l'être humain est convaincu d'être l'animal le plus évolué de la Terre. À tel point qu'il en a fini par ne plus se considérer comme un animal : il y a l'homme d'un côté et, de l'autre, les animaux. Mais cela n'a pas toujours été le cas. Nous savons aujourd'hui que nos origines sont communes avec celles des grands singes qui peuplent la Terre : les chimpanzés, les bonobos, les orangs-outans, les gorilles. Il y a plusieurs millions d'années, l'un de nos lointains ancêtres communs a évolué différemment, donnant naissance, au sein de la famille des grands singes, au genre *Homo*. On appelle Australopithèque (« singe austral ») cette première espèce d'humains. Elle est apparue en Afrique de l'Est, puis a migré vers l'Europe et vers l'Asie. Compte tenu de la diversité de ces milieux naturels, le genre humain s'est scindé en de nouvelles espèces. On a qualifié de « Néandertal » l'humain d'Europe et d'Asie occidentale, et d'« homme dressé » celui qui peuplait l'Asie orientale. Au cours des centaines de milliers d'années qui suivirent, plusieurs autres espèces d'humains apparurent en divers endroits du globe. On pense qu'il y a 100 000 ans, au moins six espèces d'humains habitaient la Terre. Quelles étaient les caractéristiques communes de ces humains ? Comme celui des autres grands singes, leur cerveau était singulièrement développé, mais ils avaient la particularité de marcher sur les deux membres postérieurs. Cette posture dressée a libéré les mains des humains et celles-ci ont gagné en dextérité, leur permettant d'accomplir des tâches complexes, comme la production d'outils sophistiqués. Les humains ont également appris à domestiquer le feu et en ont retiré de nombreux avantages : protection contre les prédateurs, chaleur ou encore cuisson des aliments. Le changement alimentaire lié à la cuisson a probablement eu un impact important sur leur évolution physiologique, et notamment cérébrale. Enfin, dernière grande caractéristique commune, les enfants humains, du fait de cette posture debout, naissent prématurément par rapport aux vôtres : ils ont donc besoin d'un long temps de protection et d'éducation pour devenir autonomes, ce qui favorise le développement de la socialisation et de la culture (transmission de savoirs), traits essentiels de l'humanité.

Il y a quelques centaines de milliers d'années est apparue une nouvelle espèce d'humains : les *Sapiens*. Ils ont cohabité avec les autres espèces humaines pendant plusieurs millénaires, puis, vers 70 000 ans avant notre ère, ils ont commencé à conquérir la Terre, une conquête concomitante de l'extinction de toutes les autres espèces humaines. Un débat fait rage chez les spécialistes pour savoir si *Homo sapiens* s'est rendu coupable d'une sorte de génocide sur ses congénères, les dominant et les exterminant les uns après les autres, ou bien s'il les a assimilés à travers un métissage. Quoi qu'il en soit, *Sapiens* l'a emporté, et depuis, tous les êtres humains sont ses descendants.

Quel est le secret de sa force ? Elle n'était pas due à sa puissance physique, puisque l'homme de Néandertal, par exemple, était bien plus robuste. Elle était liée à la puissance de sa pensée. Les spécialistes parlent de « révolution cognitive » pour qualifier le saut qualitatif qui sépare *Sapiens* des autres espèces d'hominidés. En effet, en l'espace de quelques dizaines de millénaires – entre 70 000 et 20 000 ans avant notre ère – *Homo sapiens* inventa quantité d'outils complexes – les bateaux, les arcs et les flèches, les aiguilles –, mais produisit aussi

Je dois combattre la douleur d'autrui
parce qu'elle est douleur,
comme la mienne.
Je dois œuvrer au bien des autres
parce qu'ils sont, comme moi,
des êtres vivants.

SHANTIDEVA
(sage bouddhiste indien, VIIIe siècle après J.-C.)

des objets d'ornement, des bijoux, des œuvres d'art, comme les peintures rupestres, que l'on peut encore admirer dans la grotte de Lascaux ou la grotte Chauvet par exemple. Il a également développé des pratiques religieuses, liées à des croyances qui nous échappent aujourd'hui, mais dont on a retrouvé des traces archéologiques à travers des indices de rites mortuaires très élaborés ou des objets de culte.

Les anthropologues pensent que cette « révolution cognitive » est en grande partie liée au langage propre à *Sapiens*, qui permet d'associer un nombre assez limité de sons pour produire un nombre illimité de phrases ayant des sens distincts. Alors que vous autres animaux non humains avez un langage qui, le plus souvent, semble transmettre des informations précises – avertissement d'un danger, signe de reconnaissance ou d'affection, signalement de la présence de nourriture –, le langage humain peut décrire des situations d'une grande complexité, ce qui favorise les échanges et la communication au sein d'un groupe nombreux. Autre caractéristique de notre langage : la capacité de nommer des choses invisibles. Lorsqu'ils évoquent des esprits, des dieux, l'âme, les humains parlent de choses inexistantes ou invisibles aux yeux du corps.

Or la croyance dans ces choses immatérielles a eu un impact déterminant dans l'évolution de *Sapiens*. Le développement de la pensée mythique

Cessons de faire de l'homme
la mesure de toute chose !
Évaluons les autres espèces
par ce qu'elles sont, elles !
Je suis sûr que nous découvrirons
ainsi de nombreux puits sans fond,
dont certains sont encore
inimaginables pour nous.

FRANS DE WAAL
(éthologue néerlandais, né en 1948)

et religieuse se trouve au fondement même de la naissance et de l'essor de toutes les civilisations. Le fait de croire en une réalité invisible qui les dépasse permet de rassembler les humains. Toute croyance mythique ou religieuse partagée crée du lien social. Elle favorise la coopération entre des milliers d'humains qui ne se connaissent pas personnellement, mais qui peuvent se faire confiance et vivre ensemble sans violence, grâce au partage de croyances, de pratiques et de valeurs qui en découlent. La pensée mythico-religieuse permet aussi de sacraliser le politique et donne au chef suprême – qu'il se nomme roi, empereur ou pharaon – une légitimité qui assure la stabilité du pouvoir politique et entretient la cohésion de peuples très divers, soumis au même pouvoir, ce qui soutient la création des empires. Mais, par le même effet de production imaginaire, elle peut aussi engendrer des changements très brutaux d'organisation sociale et politique : si le mythe fondateur d'une société humaine varie, celle-ci en sera immédiatement bouleversée. C'est le phénomène qu'a connu l'Europe avec les Lumières et la Révolution française. Ce bouleversement n'a été possible que parce que le mythe du progrès, de la croyance en la raison, en la liberté des individus a remplacé le mythe chrétien dans la majorité des esprits. La pensée symbolique permet de tels bouleversements politiques et sociaux qui ne sauraient se produire dans le monde animal sans une profonde mutation génétique. Comme l'affirme l'historien Yuval Noah Harari dans son passionnant ouvrage *Sapiens* : « Entre nous et les chimpanzés, la vraie différence réside dans la colle mythique qui lie de grands nombres d'individus, de familles et de groupes. Cette colle a fait de nous les maîtres de la création[1]. »Vous me demanderez – et nous n'aurons peut-être jamais la réponse à cette légitime question : que s'est-il passé dans le cerveau de *Sapiens* pour qu'il développe très rapidement un langage singulier, un imaginaire aussi riche et une pensée symbolique, favorisant l'émergence de l'art ou de la religion ?

2

De la domestication à l'exploitation

La révolution cognitive et l'essor d'*Homo sapiens* n'ont pas eu immédiatement un effet désastreux pour vous, chers animaux. Au contraire, le développement de la pensée mythique et religieuse a d'abord eu pour conséquence une sacralisation de la nature. Les premières croyances religieuses sont animistes : elles postulent l'existence d'esprits invisibles pour chaque réalité naturelle visible. Ainsi, il y aurait des esprits de l'eau, du feu, des arbres, des plantes, mais aussi de tout être sensible. En communiquant avec ces esprits, le plus souvent à travers des états modifiés de conscience favorisés par la transe, *Sapiens* cherchait à se concilier leur faveur et à favoriser son intégration harmonieuse au sein du monde qui l'entourait. Même lorsqu'il devait chasser du gibier afin de se nourrir, *Sapiens* implorait le pardon des esprits des animaux qu'il tuait. L'alimentation de nos lointains ancêtres, qui vivaient de chasse et de cueillette, semblait d'ailleurs très variée et n'était pas polarisée par l'absorption de chair animale.

Les choses changèrent du tout au tout lors du passage du paléolithique au néolithique, marqué par la sédentarisation et la révolution agricole. Cette transformation radicale du mode de vie des humains commença il y a environ 12 000 ans, à la faveur de la sortie d'une ère glaciaire. En Anatolie et dans certaines régions de l'actuel Proche-Orient, les humains, autrefois nomades, ont changé leurs manières de vivre et de s'organiser. Ils ont bâti des villages, cultivé la terre et élevé des bêtes. Cette révolution se généralisa sur la surface du globe dans les millénaires qui ont suivi.

C'est vraiment là que les choses se gâtèrent pour vous, animaux non humains. Autant le chasseur-cueilleur nomade faisait partie du monde naturel et ne se considérait sans doute pas comme radicalement différent ou supérieur aux autres êtres vivants, autant l'agriculteur sédentaire développa une pensée mythico-religieuse qui faisait de lui le maître du monde. Son alimentation ne dépendant plus de la nature sauvage (chasse et cueillette), mais de l'agriculture et de l'élevage, il acquit une sécurité alimentaire qui le conduisit progressivement à se détourner des croyances animistes pour développer de nouvelles croyances : les dieux et les déesses qu'il vénérait ne peuplaient plus la Terre, mais le monde céleste invisible et lointain. Il établit ainsi pour la première fois une hiérarchie entre tous les vivants : tout en haut, au ciel, se trouvent les dieux, tandis qu'en bas, sur Terre, vivent les animaux. L'être humain se conçoit dès lors comme une sorte d'intermédiaire entre le monde naturel et celui des dieux. Il se perçoit comme la créature terrestre la plus évoluée, la seule capable de communiquer avec le divin. De lui et des rituels religieux qu'il pratique dépend même l'ordre cosmique : c'est la mission qu'il a reçue des divinités. Le principal rituel, que l'on retrouve dans toutes les cultures humaines de cette lointaine antiquité, est le sacrifice. En offrant des semences ou des animaux aux divinités, le prêtre agit au nom de la communauté humaine et entend, par ce don, contribuer au maintien de l'ordre cosmique, mais aussi attirer la protection et la faveur des dieux sur son peuple. Ces croyances religieuses nouvelles, qui se sont développées après sa sédentarisation, ont donc joué un rôle crucial dans la manière dont *Sapiens* a légitimé sa rupture avec le monde naturel et sa volonté de domination sur les autres espèces animales. Résultat : votre exploitation, chers animaux, ne posa dès lors plus aucun problème de conscience aux humains.

C'est dans ce contexte symbolique nouveau que se développèrent la domestication et l'élevage de nombreuses espèces animales. Alors que seul le chien avait été domestiqué – environ 15 000 ans avant notre ère –, le passage au néolithique entraîna progressivement la domestication des moutons, des chèvres, des bovins, des cochons, des chevaux, des ânes, des chameaux, des lamas, des dindons, des volailles et des chats. Dès lors, hormis pour ces derniers et parfois pour les chiens qui tinrent le rôle d'animaux de compagnie, il s'est agi de tirer le maximum de profit des animaux. Ce n'est pas un hasard si le mot latin désignant l'argent (*pecunia*) est tiré du mot *pecus*, le bétail. Être riche, c'est posséder du bétail. Utilisés pour les travaux pénibles (labourage, transport), les animaux sont aussi élevés pour fournir des denrées utiles (laine, cuir) ou alimentaires (lait, œufs) et, bien entendu, pour être eux-mêmes consommés.

Cette exploitation de vos semblables au profit des miens s'est accentuée au fil du temps et a connu, depuis le XXe siècle, une aggravation dramatique liée à la recherche dans l'élevage du productivisme taylorien et d'une maximalisation du profit. Dans les pays dits « développés », 80 à 95 % des animaux que nous consommons sont issus de l'élevage industriel. Dès lors, la plupart des animaux de ferme ne sont plus simplement exploités, ils sont surexploités, traités comme des machines à produire de la viande, du lait, des œufs, des machines au service des hommes ; leurs besoins naturels et sociaux ne sont plus du tout pris en compte et leur brève existence n'a plus rien d'une vie. Alors que les volailles pourraient vivre de sept à douze ans, elles sont pour la plupart abattues au bout de quelques mois, dès lors qu'elles ont atteint leur poids optimal, après avoir vécu le plus souvent entassées dans de minuscules cages empilées au sein d'immenses hangars, sans la moindre liberté de mouvement. L'existence des poules pondeuses peut être plus longue, mais elle se déploie dans des conditions de vie tout aussi épouvantables. Quant aux poussins mâles, ils sont immédiatement « détruits ». Le sort de la grande majorité des truies – le « minerai », comme on les appelle dans ces environnements concentrationnaires – n'est guère plus enviable : enfermées dans des cages pendant des semaines (elles ne peuvent même pas se retourner), elles ne sont là que pour mettre bas avant de finir à la boucherie. Les bovins qui ont la chance d'échapper à l'élevage industriel et de pouvoir passer la majorité de leur temps dans les prairies ne vivent que quelques années, alors qu'ils pourraient vivre plus de vingt ans, avant de finir à l'abattoir. Les vaches laitières sont très régulièrement inséminées artificiellement pour mettre bas, mais sitôt le veau né, il est séparé de sa mère afin que l'on puisse tirer son lait. Les veaux femelles, dites « velles », sont maintenus en vie et destinés à subir le même pathétique destin que leurs mères, tandis que les veaux mâles sont parqués dans des boxes, le plus souvent totalement isolés et privés de liberté de mouvement, afin de donner une viande tendre et savoureuse, avant de vivre quelques mois dans des enclos collectifs très étroits et de partir pour l'abattoir. Les brebis et les chèvres de la « filière lait » subissent le même sort, ainsi que les chevreaux et les agneaux qui sont séparés de leurs mères et conduits à l'abattoir peu de temps après leur naissance.

Les « soins » vétérinaires prodigués dans les fermes pratiquant l'élevage intensif n'ont de soins que le nom. Cet euphémisme comprend également les mutilations : débecquage des poules pondeuses et des dindes, castration et coupe de la queue des porcs (et meulage des dents), écornage des bovins.

Les vétérinaires sont avant tout rémunérés pour favoriser cette exploitation des animaux, mais aussi pour effectuer la sélection en vue d'améliorer encore le rendement, ce qui a pour résultat de rendre les animaux infirmes : boiterie des vaches laitières dont les pis sont énormes, obésité des bœufs blanc-bleu belge, poulets qui ne tiennent plus sur leurs pattes

Comme il se prépare
à verser un jour le sang humain,
celui qui égorge de sang-froid un
agneau et qui prête une oreille
insensible
à ses bêlements plaintifs.

OVIDE
(poète latin, 43 avant J.-C.–17 après J.-C.)

tant ils grossissent vite, condamnés, souvent, à vivre dans leurs excréments. Entendons encore par « soins vétérinaires » : bourrage d'antibiotiques et d'hormones de croissance pour pallier la faiblesse de systèmes immunitaires détruits, inséminations artificielles – car l'accouplement serait trop violent pour des organismes affaiblis –, etc. Leur mission n'est pas de soigner des bêtes malades, mais de maintenir en vie, aussi longtemps que nécessaire d'un point de vue économique, des animaux qu'on a totalement perturbés en les mécanisant, pour les rendre le plus rentables possible.

L'augmentation constante de la consommation de viande depuis plus d'un siècle n'a été possible qu'à ce prix. Aujourd'hui, ce sont environ 60 milliards d'animaux terrestres (dont 50 milliards de poulets) qui sont tués chaque année, et on estime selon les sources entre 500 et 1 000 milliards le nombre d'animaux marins sacrifiés pour notre consommation. Ils sont le plus souvent issus de la pêche industrielle dans laquelle les poissons meurent d'asphyxie après des heures d'agonie, entassés les uns sur les autres comme des légumes dans des conteneurs, sans parler des nombreux mammifères marins, notamment les dauphins, pris dans les filets et mourant également d'asphyxie. Ils peuvent aussi provenir des exploitations d'aquaculture, grouillant dans des bassins, nourris artificiellement et lourdement médicamentés pour éviter la prolifération de maladies que pourrait provoquer cet élevage intensif.

La mise à mort des animaux terrestres issus de l'élevage est tout aussi intolérable. Les vidéos prises par des caméras cachées, notamment, en France, par l'association L 214, ont levé le voile sur la réalité des abattoirs. Il faut avoir le cœur solidement accroché pour visionner ces films. Les cadences d'abattage imposées par la recherche de rentabilité ne laissent guère de place à la décence, pour ne pas dire à la compassion : les animaux, déjà fortement choqués (et parfois blessés) au cours du transport, où ils ont été entassés sans ménagement, sont placés les uns derrière les autres dans des couloirs de la mort, où ils entendent, terrorisés, les cris d'agonie des bêtes – parfois encore conscientes – qu'on est en train d'égorger quelques dizaines de mètres plus loin. Ils sont ensuite assommés par une décharge électrique ou une perforation du cerveau, mais on sait qu'environ 15 % des animaux sont encore conscients lorsqu'ils sont égorgés, sans parler de tous ceux qui ne sont pas étourdis pour des raisons religieuses (abattage rituel exigé par les juifs et les musulmans) et qui agonisent pendant de longues minutes dans d'atroces souffrances tandis qu'ils se vident de leur sang. Comme il est compliqué pour les abattoirs d'avoir deux chaînes d'abattage, l'une avec étourdissement et l'autre sans, de nombreux abattoirs pratiquent systématiquement l'abattage sans étourdissement. Selon un rapport remis en 2011 au ministre de l'Agriculture, l'abattage rituel concernerait environ 40 % des abattages de bovins et 60 % des ovins, alors qu'on estime à moins de 10 % la demande de viande halal ou casher. Ce qui devait constituer une exception est en train de se généraliser, et les consommateurs ne sont jamais avertis qu'ils mangent de la viande provenant d'animaux qui ont été égorgés alors qu'ils étaient pleinement conscients.

Hélas, l'horreur ne s'achève pas là. Pour l'abattage rituel, les règlements fixent une cadence d'abattage de vingt bovins à l'heure, soit trois minutes par bête. Or, pour des raisons de rentabilité, de nombreux abattoirs accélèrent la cadence à trente, voire quarante bêtes à l'heure. Ayant moins de deux minutes pour se vider de leur sang et perdre conscience, un certain nombre de ces animaux sont encore conscients lorsqu'ils arrivent à la chaîne de découpage. On assiste ainsi au spectacle sidérant d'animaux suspendus par les pattes arrière, en train de se vider de leur sang, criant leur douleur et leur effroi pendant qu'on commence à les dépecer à la tronçonneuse. On comprend pourquoi ces lieux sont aussi impénétrables que les centrales nucléaires ou les camps militaires sécurisés :

quiconque visiterait ces chaînes d'abattage serait sans doute enclin à ne plus jamais consommer de viande issue de l'élevage, qu'il soit traditionnel ou industriel, puisque toutes les bêtes finissent de la même manière. Comme le proclament à juste titre les responsables de l'association L 214, il n'y a pas de viande heureuse. Leurs vidéos ont aussi révélé des actes répétés de maltraitance envers les animaux : décharges électriques non justifiées, coups de pied dans le ventre, etc. Ces actes sadiques sont révélateurs d'un état d'esprit et de perturbations psychiques chez certains salariés des abattoirs. Mais faut-il s'étonner que des individus qui égorgent chaque jour à la chaîne des centaines de bêtes devenues folles de terreur deviennent fous à leur tour ? Ce métier est l'un des plus inhumains qui soient. Certains ont peut-être un penchant pour des pratiques sadiques et violentes, mais il me paraît presque naturel qu'une personne équilibrée, empathique, ayant des affects normaux, finisse par s'endurcir pour supporter de vivre quotidiennement dans un tel climat de sang, de souffrance et de mort. Il se pourrait aussi qu'à maltraiter les animaux de la sorte, à les réduire au rang de vulgaires objets, on veuille faire la démonstration par l'horreur qu'ils n'ont aucune sensibilité, aucune dignité. Une façon de se déculpabiliser, en quelque sorte.

La division du travail
d'exploitation et d'abattage,
le découpage des responsabilités,
permet de masquer
notre participation individuelle
à la maltraitance et au meurtre.

ÉLISABETH DE FONTENAY
(philosophe française, née en 1934)

Le psychiatre et éthologue Boris Cyrulnik, un de vos meilleurs amis, cite le témoignage de Christiane Haupt, une jeune femme vétérinaire qui a fait un stage dans un abattoir : « Il me vient à penser que – à part quelques exceptions – les personnes qui travaillent ici ne réagissent pas de façon inhumaine, elles sont juste devenues indifférentes, comme moi aussi, avec le temps. C'est de l'autoprotection. Non, les vrais inhumains sont ceux qui ordonnent quotidiennement ces meurtres de masse, et qui, à cause de leur voracité pour la viande, condamnent les animaux à une vie misérable, à une lamentable fin, et forcent d'autres humains à accomplir un travail dégradant qui les transforme en êtres grossiers. Moi-même je deviens progressivement un petit rouage de ce monstrueux automatisme de la mort[1]. »

Le langage utilisé par tous ceux qui font souffrir ou tuent les animaux de manière institutionnelle (et donc socialement tolérée) est parfaitement révélateur de cette « mise à distance » qui permet d'accomplir de tels actes sans remords. Les porcs sont assimilés à du « minerai ». Une poule qui pond moins vite et qui est appelée à finir en bouillon cube ou une truie qui n'est plus féconde sont « réformées ». Les porcelets à qui l'on coupe la queue sans anesthésie – pour qu'ils ne se blessent pas dans les cages étroites où ils sont condamnés à vivre – et qui hurlent sont censés ne ressentir aucune douleur, mais une « nociception », c'est-à-dire un simple réflexe physiologique engendré par un stimulus. Les animaux utilisés pour la recherche médicale, à qui l'on fait subir toutes sortes de traitements douloureux, sont qualifiés d'« outils biologiques ». Ce vocabulaire fait d'euphémismes et de néologismes permet d'occulter la réalité et de nous donner bonne conscience. La publicité pour le lait ou les produits animaux, qui montre toujours des animaux de ferme heureux, n'a pas d'autre but. « Qu'est-ce qui fait tant rire "la vache qui rit" ? se demande Matthieu Ricard, scientifique et moine bouddhiste, auteur d'un magnifique *Plaidoyer pour les animaux*. La mort imminente du veau qu'on lui a arraché avant qu'elle ait pu lui donner une goutte de lait ? Le fait qu'elle va rester coincée des années dans un box avant d'être "réformée" et envoyée aussi à la mort[2] ? » On cache la souffrance que nous vous infligeons, on établit une distance, on travestit la réalité pour nous déculpabiliser.

Comment des personnes, qui *a priori* ne sont pas des monstres, peuvent passer leurs journées à faire souffrir et à tuer des êtres vivants sans que cela affecte leur morale personnelle ? La question dépasse largement le cadre de la maltraitance animale. Elle a été posée, notamment, par de nombreux auteurs à propos des nazis qui avaient en charge l'extermination des juifs dans les camps de concentration. Il y avait parmi eux des personnes sensibles, cultivées, de bons pères de famille. Cela n'a été possible que parce que ces hommes ne regardaient plus les juifs comme des êtres humains : en accumulant tous les préjugés possibles à leur encontre, l'idéologie nazie les avait déshumanisés. Et puisque la nécessité de cette extermination faisait consensus et que les tâches étaient partagées, chaque nazi qui participait à un niveau ou à un autre à cette gigantesque entreprise de mort se percevait comme un exécutant, un parmi les autres : sa responsabilité morale était diluée. Il en va de même dans le massacre de masse des animaux de ferme. De l'éleveur industriel, qui supporte de voir des animaux en cage toute la journée, à l'employé de l'abattoir, qui égorge des animaux à la chaîne, en passant par le vétérinaire, qui utilise sa science non pour aider les bêtes, mais pour favoriser ce vaste système productiviste : tous ne peuvent travailler sans avoir mauvaise conscience que parce qu'ils vous ont « désanimalisés », afin de faire de vos semblables des choses.

Il ne s'agit évidemment pas de mettre sur le même plan le génocide des juifs (Shoah) et le massacre des animaux de ferme. La vie des humains m'est plus précieuse que celle des animaux, et l'intention des nazis – éliminer le peuple juif de la surface de la Terre – n'a rien à voir avec l'intention des acteurs de l'élevage et de l'abattage industriel (produire de la viande à moindre coût). Les animaux de ferme sont brutalisés pour des raisons économiques et non pour obéir à un dogme exigeant leur disparition. Mais on peut, à la suite des rescapés des camps eux-mêmes, relever des analogies entre ces deux processus de tuerie industriels.

Ainsi le Prix Nobel de littérature Isaac Bashevis Singer, dont la mère et plusieurs membres de la famille ont été tués en Pologne – notamment dans le camp de Treblinka, où entre 800 000 et 900 000 personnes furent exterminées –, n'hésite pas à faire dire à un personnage d'une de ses nouvelles, à propos des animaux « martyrisés et exterminés » : « Pour ces créatures, tous les humains sont des nazis ; pour les animaux, c'est un éternel Treblinka[3]. »

3

Ne seriez-vous donc que des choses ?

Vous devez vous demander, chers animaux, comment l'être humain, qui paraît à maints égards plutôt intelligent, en est venu à penser une telle absurdité : ne voir en vous que des choses. Il suffit pourtant de quelques heures passées en votre compagnie pour découvrir votre sensibilité, vos émotions, votre capacité à souffrir et à vous réjouir. Ce qu'un enfant de trois ans comprend d'emblée à votre contact, comment tant d'adultes bien-pensants, des philosophes, des hommes politiques, des scientifiques, des éleveurs ont-ils pu le nier ? C'est une énigme pour le bon sens, mais on peut en trouver l'explication dans l'extraordinaire capacité qu'a l'être humain d'ajuster la vérité à ses désirs, le réel à ses besoins. La thèse, répandue depuis des millénaires, de l'infériorité de l'animal par rapport à l'être humain est née des discours religieux qui, pour des raisons théologiques, entendaient tracer une infranchissable différence entre vous et nous. Puis l'idéologie scientiste moderne a pris le relais afin de pouvoir vous utiliser comme matériau de laboratoire. Vint enfin l'idéologie consumériste contemporaine, qui poursuivit dans la voie du différentialisme afin de promouvoir la consommation massive de chair animale. Bref, en vous réduisant, en vous dénigrant, puis en vous chosifiant, nous nous sommes octroyé en bonne conscience le droit de vous exploiter et de vous tuer.

Comme l'avait constaté Mark Twain : « L'homme est le seul animal qui rougisse ; c'est d'ailleurs le seul animal qui ait à rougir de quelque chose[1]. »

Je vais exposer brièvement les grands jalons de cette longue histoire de notre domination à votre égard et de la manière dont nous l'avons légitimée, en fournissant des explications prétendument rationnelles.

Revenons à ce que je vous expliquais plus haut au sujet de la victoire d'*Homo sapiens*, l'ancêtre commun de tous les humains actuels. Le bouleversement de son mode de vie, de nomade chasseur-cueilleur à agriculteur-éleveur sédentaire, s'est accompagné d'une révolution de sa pensée mythico-religieuse. Il a cessé de parler aux esprits de la nature et des animaux pour croire en des divinités supérieures au monde naturel, à qui il a rendu un culte. Il s'est alors proclamé « maître du monde » et supérieur à tous les autres êtres vivants. Cette proclamation n'est évidemment pas le fruit d'un conclave des animaux destiné à élire le meilleur d'entre eux ! Sans vous demander votre avis, nous nous sommes considérés comme à la fois radicalement différents et largement supérieurs à vous. Cette théorisation s'est d'abord faite dans le contexte religieux nouveau lié à la sédentarisation et à cette première rupture de l'être humain avec la nature. C'est ce que le sociologue allemand Max Weber a appelé « le désenchantement du monde » : pour l'homme postnéolithique des sociétés antiques, le monde perd peu à peu son « aura magique ». En trouvant des explications rationnelles aux phénomènes naturels, l'homme se dissocie de la nature qui cesse d'être un monde vivant, enchanté, une mère nourricière dont le cordon ombilical ne se coupe jamais pour devenir une réalité distincte, distanciée, riche d'une matière manipulable, de ressources exploitables, d'une vie domesticable.

Parallèlement, l'être humain considère qu'il est le sommet de la Création, l'être le plus important qui soit, car il est le seul qui puisse échanger avec les dieux. Dès lors qu'il se considère comme le représentant sur Terre du monde céleste, comme la créature la plus aboutie, comme la seule qui soit à l'image du divin, il légitime un pouvoir et une domination sur les autres vivants. Se faisant l'écho de nombreuses traditions polythéistes antérieures, c'est ce qu'exprime très bien le texte biblique de la Genèse, dans le cadre de la pensée monothéiste naissante : « Puis Dieu dit : "Faisons l'homme à notre image, selon notre ressemblance, et qu'il domine sur les poissons de la mer, sur les oiseaux du ciel, sur le bétail, sur toute la terre, et sur tous les reptiles qui rampent sur la terre." Dieu créa l'homme à son image, il le créa à l'image de Dieu, il créa l'homme et la femme. Dieu les bénit, et Dieu leur dit : "Soyez féconds, multipliez, remplissez la terre, et l'assujettissez ; et dominez sur les poissons de la mer, sur les oiseaux du ciel, et sur tout animal qui se meut sur la terre[2]." »

Ce qui est commun à toutes les traditions religieuses antiques apparues après le néolithique (donc à l'exception seulement des religions premières de type animiste), qu'elles soient théistes ou non, polythéistes ou monothéistes, c'est que l'être humain est supérieur aux animaux parce qu'il possède un esprit singulier (quel que soit le nom qu'on lui donne) qui l'apparente au divin, ou lui offre une perspective de salut ou de libération que ne possèdent pas les autres animaux.

Certains défenseurs des animaux pourfendent le judéo-christianisme, qui serait responsable de cette théorisation de la supériorité des humains, et font l'apologie des religions asiatiques qui croient en la transmigration des âmes, théorie qui affirme une continuité spirituelle du vivant. Cette vision est erronée. Même une religion comme le bouddhisme, qui met pourtant la compassion pour tous les êtres vivants au cœur de son message, considère que seuls les êtres humains peuvent atteindre l'Éveil. Certes, les animaux possèdent aussi la « nature du Bouddha », mais celle-ci n'est que potentielle, et un animal devra un jour nécessairement se réincarner en être humain (et plutôt en homme qu'en femme) s'il veut atteindre le Nirvana, la libération définitive du cycle incessant des renaissances, car il ne possède pas les facultés intellectuelles qui permettent d'atteindre ce stade. Il en va de même pour l'hindouisme (qui favorise le végétarisme) et le jaïnisme (religion très respectueuse des animaux et qui interdit de les tuer) : la libération (*Moksha*) ne peut s'obtenir que dans une incarnation humaine. Et si les textes bouddhistes et hindous, du fait même de la croyance en la transmigration, préconisent la bienveillance ou la compassion active envers les animaux, celle-ci est fort inégalement distribuée.

Il n'est que trop certain
que ce carnage dégoûtant,
étalé sans cesse dans nos boucheries
et dans nos cuisines,
ne nous paraît pas un mal ;
au contraire, nous regardons cette
horreur, souvent pestilentielle,
comme une bénédiction du Seigneur ;
et nous avons encore des prières
dans lesquelles on le remercie
de ces meurtres.

VOLTAIRE
(philosophe des Lumières, 1694-1778)

En Inde, certains animaux sont vénérés, d'autres méprisés. Il suffit de voyager dans n'importe quel pays bouddhiste pour constater que le sort des animaux n'est guère plus enviable qu'ailleurs, qu'il peut même y être pire. L'élevage industriel y sévit aussi, les animaux domestiques sont parfois maltraités et rarement protégés comme en Occident. Si je devais me réincarner en chien ou en chat, j'opterais sans hésitation pour l'Europe, plutôt que pour l'Asie !

Cette différence radicale entre l'être humain et les autres animaux est aussi affirmée par les grandes écoles de sagesse grecque du monde antique. La plupart de ces écoles – le platonisme, l'aristotélisme, le stoïcisme, le néo-platonisme – enseignent que l'être humain possède une âme singulière d'origine divine qui lui confère des facultés intellectuelles très supérieures à celles des animaux. Ainsi le stoïcisme, qui exerça une influence considérable pendant près de mille ans dans l'Antiquité grecque et romaine, affirme-t-il que seul l'être humain possède un *logos*, qui provient du *logos* divin, la Raison universelle qui gouverne le monde. Et c'est aussi la raison pour laquelle les animaux ne peuvent avoir des droits, car la justice exige la réciprocité d'un contrat social que seuls les humains peuvent contracter par leurs facultés intellectuelles supérieures. Bien qu'ils ne croient ni aux dieux ni en une âme spirituelle immortelle, les épicuriens partagent aussi ce point de vue : les hommes n'ont pas de devoirs envers ceux qui ne participent pas à la loi. Aristote affirme quant à lui que toute la nature est ordonnée pour l'homme : « Comme la nature ne fait jamais rien inutilement ou en vain, il est indéniablement vrai qu'elle a fait tous les animaux pour le bien de l'homme[3]. »

Il existe donc une profonde corrélation entre la conception biblique et la conception majoritaire de la pensée grecque : les animaux existent pour le bien de l'homme et ce dernier peut les utiliser sans avoir de devoirs envers eux, hormis celui d'éviter la cruauté. Non pas parce que la cruauté envers les animaux leur cause de la souffrance, mais parce qu'elle corrompt l'âme humaine. C'est ce que le grand théologien médiéval Thomas d'Aquin réaffirme dans sa *Somme théologique* : on ne peut aimer par charité les créatures dénuées de raison (on peut donc les utiliser ou les tuer), mais il convient d'éviter les actes gratuits de cruauté, car ils encouragent la cruauté entre les humains. C'est aussi la position du philosophe des Lumières Emmanuel Kant, qui affirme que, puisqu'ils sont dépourvus de raison, les animaux sont des moyens qui justifient des fins et qu'il n'est pas immoral de les traiter comme des objets qu'on peut vendre, acheter, utiliser, tuer… mais toujours sans cruauté, afin d'éviter une dégradation morale des hommes (la cruauté étant un vice).

La taille n'y fait rien :
le respect de toute vie
et de toute sensibilité qui veut,
travaille et aime, s'impose à celui
qui, croyant étudier des choses,
découvre des âmes.

JULES MICHELET
(historien français, 1798-1874)

Si la pensée majoritaire grecque et chrétienne accorde à l'être humain un pouvoir absolu sur les animaux, elle ne nie pas pour autant que ceux-ci soient des êtres vivants doués de sensibilité et sujets à la souffrance.

Un pas de plus va toutefois être franchi au XVIIe siècle avec le philosophe et mathématicien français René Descartes : dans ses écrits, il vous assimile à de simples machines. Descartes postule une radicale séparation entre l'âme et le corps, et considère ce dernier comme une sorte de mécanique. Or les animaux, étant dépourvus, selon Descartes, d'âme spirituelle et sensible, sont comparables à des choses et ne seraient pas susceptibles de souffrir : « Les animaux ne sont que de simples machines, des automates. Ils ne ressentent ni plaisir, ni douleur, ni quoi que ce soit d'autre. Bien qu'ils puissent pousser des cris quand on les coupe avec un couteau, ou se contorsionner dans leurs efforts pour échapper au contact d'un fer chaud, cela ne signifie pas qu'ils ressentent de la douleur dans ces situations. Ils sont gouvernés par les mêmes principes qu'une horloge, et si leurs actions sont plus complexes que celles d'une horloge, c'est parce que celle-ci est une machine construite par les humains, alors que les animaux sont des machines infiniment plus complexes, faites par Dieu[4]. » Il convient de préciser que Descartes était un croyant convaincu, grand lecteur de saint Augustin, qui affirmait que les animaux ne sauraient souffrir, car la souffrance est, selon la Genèse, une conséquence du péché originel, et donc le propre de l'homme.

La position cartésienne, si absurde soit-elle, et contredite par la connaissance la plus simple que nous pouvons avoir de vous, chers animaux, va ouvrir la voie à l'expérimentation scientifique sur vous, qu'on va torturer en parfaite bonne conscience – puisque vous êtes censés ne pas souffrir – pour le plus grand bien de l'humanité, ainsi qu'à l'élevage industriel, où vous êtes réifiés. Telle est la capacité de l'esprit humain à pousser si loin sa pensée, son aptitude à l'abstraction, qu'il peut nier l'expérience sensible, celle qu'impose à tout individu la fréquentation directe et familière du monde animal.

Mais nous verrons plus loin qu'il existe dans les traditions philosophiques et religieuses des voix discordantes qui récusent cet abaissement et cet asservissement des animaux. Force est pourtant de reconnaître qu'elles sont restées minoritaires et n'ont pu s'imposer dans nos consciences, car la tentation de vous dominer, de vous exploiter et de vous manger l'emportait sur toute autre considération. Nous préférons dès lors tendre l'oreille au discours qui légitime nos pratiques, et rester sourds à celui qui les conteste.

4

Sommes-nous si différents ?

Pour des raisons idéologiques et utilitaires, les humains se sont donc acharnés pendant des millénaires à affirmer leur supériorité sur vous. La recherche du « propre de l'homme » est l'une des principales obsessions de la pensée religieuse et philosophique. De la cognition à la sensation, en passant par la conscience, la moralité, l'outil, le rire ou la culture, nous nous sommes évertués à prouver que nous étions radicalement différents de vous. Pourtant des voix discordantes, ici aussi, se sont fait entendre au fil des siècles, soulignant nos profondes ressemblances. Les moralistes du XVIIe siècle, tel Jean de La Fontaine, n'ont pas manqué de s'appuyer sur ce que la sagesse populaire avait observé des fortes ressemblances de caractères entre les humains et les animaux. Un siècle plus tôt, l'écrivain Michel de Montaigne avait déjà souligné ce fait : « Je dirais qu'il y a plus de distance de tel homme à tel homme qu'il n'y en a de tel homme à telle bête[1]. » Il existe des humains et des animaux stupides, des humains et des animaux intelligents, des humains et des animaux rusés, des humains et des animaux vaniteux, des humains et des animaux doux, des humains et des animaux féroces, etc. Dans le livre II de ses *Essais*, il vous consacre un chapitre entier dans lequel il montre, à travers tous les exemples tirés de son expérience et de l'observation des auteurs de l'Antiquité, combien votre intelligence, votre sensibilité, votre affectivité ressemblent aux nôtres. Montaigne met aussi en avant, avec beaucoup d'ironie, la prétention de l'être humain à se placer au-dessus des autres espèces animales, à tout comprendre selon son point de vue, sans jamais imaginer que les autres espèces pourraient faire de même : « Car pourquoi ne dira un oiseau ainsi : toutes les pièces de l'univers me regardent ; la terre me sert à marcher, le soleil à m'éclairer, les étoiles à m'inspirer leur influence. J'ai telle commodité des vents, telle des eaux, il n'est rien que cette voûte regarde si favorablement que moi. Je suis le mignon de nature. N'est-ce pas l'homme qui me traite, qui me loge, qui me sert ? C'est pour moi qu'il fait semer et moudre[2]. »

Montaigne souligne un point essentiel : on a toujours tenté de comprendre les animaux à partir de notre propre logique et notre propre manière de penser. Or, pour vous comprendre, il faudrait essayer de se mettre dans votre tête et d'épouser votre mode de pensée. Ce n'est que depuis très peu de temps – quelques décennies – que l'on s'intéresse enfin un peu à votre point de vue. L'éthologie, l'étude du comportement des animaux – homme compris –, est une science récente, qui a complètement changé le regard que nous portons sur vous, comme le rappelle Boris Cyrulnik : « Les chercheurs s'intéressent de plus en plus au point de vue de l'animal, et cela va nous permettre d'ouvrir des portes à de nouvelles explorations, d'autres usages du monde des animaux, d'autres définitions et probablement d'autres relations ; cela va nous obliger à de nouveaux concepts de pensée, à inventer aussi de nouvelles méthodologies d'expérimentation moins rigides[3]. » C'est là un point capital : si les observateurs ont longtemps été déçus par les réponses apportées par les animaux aux tests qu'ils leur faisaient subir, pour évaluer leur intelligence par exemple, c'est tout simplement que ces tests étaient construits selon notre mode de pensée et pas selon le leur. « C'est parce que nous leur avons posé peu à peu des questions intelligentes que leurs réponses sont devenues pertinentes », souligne ainsi la philosophe des sciences Vinciane Despret. Comme l'avait fort bien fait remarquer l'un des pionniers de la physique quantique, Werner Heisenberg, le père du principe d'incertitude : « Ce que nous observons ce n'est pas la Nature en soi, mais la nature exposée à notre méthode d'investigation[4]. » La manière d'étudier le comportement animal, les méthodes que nous choisissons, l'empathie que nous éprouvons ou non pour les animaux observés, tout cela est déterminant. « Le défi est d'imaginer des tests qui correspondent au tempérament d'un animal, à ses centres d'intérêt, à son anatomie et à ses capacités sensorielles[5] », écrit l'éthologue néerlandais Frans de Waal, auteur de nombreux ouvrages sur le comportement animal. Konrad Lorenz, enfin, le précurseur de l'éthologie moderne, estimait également qu'on ne pouvait pas mener des recherches efficaces sur les animaux sans une compréhension intuitive fondée sur l'amour et le respect.

À la fin du XIXe siècle, dans son ouvrage *L'Expression des émotions chez l'homme et les animaux*, le grand Charles Darwin, inventeur de la théorie de l'évolution, avait déjà tenté de montrer la richesse de la vie émotionnelle des animaux, qui avait été totalement niée par la logique cartésienne. Depuis, des milliers d'études empiriques, effectuées sur de nombreuses espèces sauvages ou domestiquées, ont montré la richesse affective et émotionnelle des animaux. Ceux-ci ressentent de la peur, de la colère, de la tristesse, de la joie, de l'amour, de l'amitié, du désir, du plaisir, de la répulsion, de la contrariété, de l'attachement et, bien entendu, de la souffrance, tant physique qu'émotionnelle.

La question de l'intelligence des animaux est plus complexe à étudier, car nous l'avons trop longtemps scrutée à l'aune de nos propres critères. Mais, depuis une trentaine d'années, les études se multiplient et révèlent les différents types d'intelligence des animaux. On a ainsi montré que plusieurs espèces – les grands singes, les chiens, les dauphins, les oiseaux, les rats, les pieuvres, etc. – avaient des capacités cognitives remarquables, étaient capables de raisonnements déductifs, possédaient une excellente mémoire visuelle et une capacité d'anticipation. Non seulement les porcs, que nous méprisons tant, ont une vie émotionnelle et sociale très élaborée, mais les études de deux chercheurs de l'université de Pennsylvanie, Stanley Curtis et Julie Morrow, ont montré que leurs capacités cognitives étaient aussi développées que celles des chiens et parfois même des grands singes, et leur ont appris à utiliser des ordinateurs pour améliorer leurs conditions de vie ! Ils se sont révélés également plus rapides que les chiens et les chimpanzés pour jouer aux jeux vidéo,

Je dirais qu'il y a plus de distance
de tel homme à tel homme
qu'il n'y en a de tel homme à telle
bête. Car je ne pense pas qu'il y ait
une si grande distance de bête
à bête, comme il y a de grand
intervalle
d'homme à homme,
en matière de prudence,
de raison, de mémoire.

MICHEL DE MONTAIGNE
(penseur français, 1533-1592)

témoignant ainsi d'une étonnante capacité d'abstraction !

On a longtemps affirmé que l'utilisation et la production d'outils étaient le propre de l'homme et que lorsqu'on voyait des singes en captivité utiliser des outils, ils ne le faisaient que par imitation de l'être humain.

Cette affirmation est devenue caduque depuis les travaux de la primatologue Jane Goodall : en milieu naturel, les grands singes non seulement utilisent fréquemment des objets en guise d'outils (une pierre pour casser des noix, par exemple), mais savent aussi en fabriquer (association de plusieurs objets pour créer un outil adapté à un besoin précis). Elle a ainsi pu constater que les chimpanzés utilisaient entre quinze et vingt-cinq outils par communauté, certains très sophistiqués.

En 2007, Ayumu, un jeune mâle chimpanzé entraîné à utiliser un clavier numérique, a battu tous les humains qui se sont mesurés à lui dans un test de mémoire visuelle. Des chiffres apparaissaient sur un écran pendant un laps de temps extrêmement court (un cinquième de seconde). Les humains les plus entraînés parvenaient à en mémoriser cinq tout au plus. Ayumu parvenait quant à lui à en mémoriser jusqu'à neuf, et les inscrivait sur son clavier à la stupéfaction des expérimentateurs. On pourrait ainsi multiplier les exemples qui prouvent les capacités cognitives développées des animaux d'espèces extrêmement variées. Les pieuvres sont capables de choses étonnantes, comme ouvrir des boîtes de médicaments munies d'une protection pour enfant (il faut en même temps enfoncer et tourner le couvercle pour les ouvrir), et des pigeons sont parvenus à distinguer des toiles de maître et à identifier sans se tromper diverses peintures de Picasso et de Monet, en discernant leur différence de style.

On a longtemps cru aussi que seuls les humains étaient capables d'avoir une conscience de soi et des autres individus, notamment par la reconnaissance des visages. Or de nombreuses expériences ont démenti ce préjugé. On sait aujourd'hui que plusieurs espèces savent reconnaître le visage de chaque individu au sein de leur communauté. C'est le cas non seulement chez les singes, mais aussi chez les corbeaux, les moutons et même les guêpes ! Quant à la conscience de soi à travers la reconnaissance de son propre visage, elle a pu être prouvée par le test du miroir. En 1970, le psychologue américain Gordon Gallup a eu l'idée de mettre sur le visage d'un grand singe endormi sous anesthésie une marque qu'il ne pouvait voir, après son réveil, qu'en regardant son reflet dans un miroir. Or à peine s'est-il observé dans le miroir que le singe a posé la main sur la marque pour l'enlever. Le test a ensuite été appliqué avec succès à d'autres espèces, comme l'éléphant, qui touche systématiquement avec sa trompe la marque de peinture visible sur sa joue dans le miroir, alors qu'une autre marque de peinture invisible a aussi été apposée sur l'autre face de son visage et qu'il ne s'en préoccupe nullement. En outre, on a pu observer chez les espèces qui ont une conscience de soi et des autres que les individus étudiés savent parfaitement, comme les humains, tricher, calculer, ruser avec les intentions d'autrui afin de parvenir à leurs fins. Les études sur les dauphins ont aussi permis de découvrir que chaque individu portait un « nom » et que les membres d'un groupe de dauphins s'appelaient par leur « nom » à travers un son spécifique (que l'on qualifie de « sifflement-signature »).

Le fait que vous ne parliez pas le même langage que nous autres humains nous rend très difficile l'accès à votre monde intérieur, cognitif, affectif. Et il en va de même pour vous : comme nous devons parfois vous paraître énigmatiques ! Pour essayer de vaincre cet obstacle, certains chercheurs ont eu l'idée de vous apprendre le langage des signes. Les résultats ont été stupéfiants. Les grands singes l'apprennent facilement et communiquent ainsi leurs pensées et leurs émotions aux humains qui les ont éduqués. L'éthologue Francine Patterson évoque le cas d'un jeune gorille orphelin ramené d'Afrique à qui elle a appris le langage des signes. Un jour où il semblait particulièrement triste, elle lui en demanda la raison. Il répondit par les signes signifiant : « mère tuée », « forêt » et « chasseurs ». En trois signes, il venait de raconter son histoire. D'autres éthologues eurent l'idée de tester l'intelligence émotionnelle et cognitive des perroquets et de voir s'ils pouvaient communiquer avec les humains, au-delà de la simple répétition mécanique des mots qu'ils avaient entendus. Le résultat est étonnant. Certains perroquets arrivent à distinguer différents objets et à savoir à quoi ils servent, à discerner leurs différences de taille, de couleur, de forme. Ils sont aussi capables d'exprimer des émotions et des sentiments.

On s'est aussi interrogé sur votre moralité et votre altruisme, pensant que ces aptitudes étaient le propre de l'homme. Ici aussi, il n'en est rien. De nombreuses études auprès des grands singes ont montré qu'ils étaient parfaitement sensibles à la souffrance de leurs congénères et cherchaient à la diminuer, allant parfois jusqu'à se sacrifier. Des chimpanzés se jettent à l'eau pour tenter de porter secours à l'un de leurs proches, alors qu'ils ne savent pas nager. Plus couramment, des femelles chimpanzés portent assistance aux femelles âgées qui ne peuvent plus se déplacer pour aller chercher de l'eau. Une étude célèbre visait à mettre un chimpanzé devant un terrible dilemme : manger de la nourriture au prix d'une souffrance apportée à l'un de ses congénères sous la forme d'une décharge électrique chaque fois qu'il prenait un aliment. Dès qu'ils ont compris la corrélation entre leur propre satisfaction et la douleur de leur congénère, la plupart des singes préfèrent se laisser mourir de faim que d'être source de souffrance pour un autre singe. Combien d'humains en feraient autant ? Dans son ouvrage *Le Bonobo, Dieu et nous*, Frans de Waal donne d'innombrables exemples du sens moral inné des grands singes. Ceux-ci ont un sens très développé de la justice et expriment leur colère lorsqu'ils s'estiment victimes d'un manque d'équité.

Beaucoup d'êtres humains qui ne vous connaissent pas doutent que vous puissiez manifester de l'empathie ou de la compassion pour des individus d'une autre espèce que la vôtre. Il suffit d'observer des animaux d'espèces différentes qui vivent ensemble pour se rendre compte que c'est faux. Certes, chiens et chats peuvent se chamailler, mais ils peuvent aussi s'entraider et manifester de la tendresse et de la compassion entre eux : je l'ai maintes fois observé chez moi.

C'est parce qu'on a
peu à peu posé aux animaux
des questions intelligentes
que leurs réponses
sont devenues pertinentes.

VINCIANE DESPRET
(philosophe des sciences belge, née en 1959)

Lorsque Chaman, un de mes chats, est rentré affaibli après une opération, mon énorme chien Leonberg, Gustave, l'a longuement léché pour lui manifester son empathie, et il semblait lui-même affecté par l'état de faiblesse de son compagnon. Sur Internet circulent de nombreuses vidéos qui montrent des animaux de races différentes se porter secours, comme ce chien qui traverse la route au péril de sa vie pour prendre dans sa gueule un chat tétanisé, coincé au milieu de la circulation, ou ce chat qui va sauver un bébé chiot perdu au fond d'un ravin. Ou encore l'extraordinaire complicité et la tendresse qui unissent un ours, un lion et un tigre adultes, qui ont été élevés ensemble après avoir été retrouvés dans un état pitoyable dans la cave de contrebandiers, alors qu'ils étaient bébés. Lorsqu'on les a placés séparément dans un refuge, ils ont refusé de s'alimenter. On les a réunis et ils ne se sont plus jamais quittés, faisant preuve d'une amitié et d'une solidarité à toute épreuve. J'ai été très ému en visionnant le film réalisé par Francine Patterson (il est accessible sur Internet) où on voit Koko, une femelle gorille née en captivité à San Francisco, se lier d'amitié avec une petite chatte et la cajoler. Lorsqu'un jour l'éthologue annonce à Koko que le chaton a été écrasé par une voiture, la femelle gorille exprime sa grande tristesse en langage des signes par les mots : « mal », « pas d'accord », « malheureuse », « pleurer », avant qu'on ne l'entende ensuite pleurer longuement la disparition de la petite chatte.

Les hommes sont souvent réticents à admettre que l'amitié puisse être un sentiment animal. L'amitié étant considérée comme un sentiment supérieur, l'homme a cru pouvoir le dénier à l'animal. De nombreuses études ont toutefois montré de beaux exemples de déploiement de tels sentiments. Des scientifiques ont ainsi pu étudier le concept d'amitié entre vaches et les relations sociales au sein des troupeaux afin d'améliorer le bien-être de ces dernières, et par ricochet leur production de lait, dépendante de leur moral. Les vaches sont des animaux sociables dont les groupes sont structurés, et l'ajout ou la soustraction d'animaux à un groupe établi peut en modifier sensiblement l'organisation. En mesurant le rythme des battements cardiaques et le taux de cortisol des vaches, une jeune chercheuse avait ainsi pu montrer que ces dernières étaient plus sereines entourées de leurs amies.

On peut faire valoir que ces phénomènes d'empathie ou de compassion entre animaux d'espèces différentes n'existent pas à l'état naturel. C'est en effet plus rare, mais de nombreux films qui circulent sur Internet montrent des actes exceptionnels d'entraide entre des animaux d'espèces différentes, comme des lionnes qui adoptent des bébés gazelles, ou comme celle, bouleversante, où un hippopotame vient secourir une antilope impala attaquée par un crocodile. Après avoir mis en fuite le crocodile, l'hippopotame porte l'antilope, grièvement blessée, hors d'atteinte du prédateur, puis ouvre son immense gueule afin d'envelopper de son souffle l'animal agonisant. La puissance de compassion qui se dégage de ces images est telle que j'en ai eu les larmes aux yeux la première fois que je les ai vues.

Un des derniers bastions du « propre de l'homme » à avoir été pulvérisé est celui de la culture. Nous pensions être la seule espèce capable de développer une culture, c'est-à-dire une innovation individuelle transmise au reste du groupe et l'imitation sociale qui la rend possible. Chez vous autres animaux, tout était censé se transmettre par les gènes. Or les observations des éthologues ont d'abord montré qu'il existait des cultures chez les grands singes. Dans les années soixante, les primatologues japonais ont observé une jeune femelle macaque, nommée Imo, vivant sur l'île de Koshima, accomplir un acte inédit : le lavage des patates douces. Observée avec surprise, puis imitée par ses jeunes congénères, l'habitude de laver les patates s'est finalement répandue à tous les singes de l'île. Jane Goodall a observé des chimpanzés d'Afrique inventer de nouvelles techniques et les transmettre aux autres individus du groupe qui les ont assimilées et transmises à leur tour à leurs enfants. On a par la suite observé des faits similaires chez des espèces aussi différentes que les ours, les loups, les corneilles ou les baleines.

Jane Goodall, cette admirable primatologue qui est allée vivre en Tanzanie parmi les chimpanzés afin d'étudier leur comportement dans la nature, a livré une observation capitale qui a révolutionné nos conceptions du comportement animal. Nous étions convaincus que la singularité humaine tenait aussi à ceci que nous seuls faisons la guerre, c'est-à-dire que nous tuons nos semblables alors que vous autres animaux ne vous tuez que d'une espèce à l'autre. Or, entre 1974 et 1978, Jane Goodall fut témoin d'une véritable guerre, la guerre de Gombe, entre deux clans de chimpanzés, les Kasakela et les Kahama, au terme de laquelle les mâles du premier groupe furent mis à mort par ceux du second.

Ce n'est pas le fait du hasard si l'animal le plus proche génétiquement de l'homme est aussi celui qui s'en rapproche le plus dans son comportement.

En cela aussi nos deux mondes se rejoignent. L'animal peut faire parfois mieux que l'homme. Il peut également faire aussi mal.

5

Nos singularités

Les observations menées depuis plusieurs décennies nous ont permis de comprendre que vous étiez beaucoup plus proches de nous que nous l'avions longtemps – pour de mauvaises raisons – pensé. Nous savons désormais de manière certaine que vous avez, comme nous, une vie émotionnelle et affective, des aspirations et des craintes, des désirs et des aversions, des formes d'intelligence très variées, une mémoire et parfois même une capacité de vous projeter dans le futur. Vous pouvez avoir une conscience de vous-mêmes et des autres, de l'empathie et de la compassion pour d'autres individus, un sens de l'équité et diverses formes de cultures. Sommes-nous pour autant semblables en tout ?

Après avoir trop longtemps cru que nous étions parfaitement dissemblables, la tendance serait plutôt aujourd'hui d'affirmer, dans les milieux favorables à la « libération animale », qu'il n'existe absolument aucune différence entre les êtres humains et les autres animaux. On passe ainsi d'un extrême à l'autre, et, selon moi, d'une idéologie à une autre. Car si nous restons rigoureux dans l'observation, nous constatons qu'il existe, en certains domaines, une différence profonde entre l'être humain et l'ensemble des autres espèces animales. N'appelons surtout pas cela « le propre de l'homme », car cette expression est connotée par cette longue tradition philosophique et religieuse de légitimation de la domination et de l'exploitation de l'animal. Appelons cela, tout simplement, « les singularités humaines », et admettons que chaque espèce peut posséder aussi ses propres singularités, irréductibles aux autres espèces. Autrement dit, cessons d'opposer l'être humain à toutes les autres espèces animales pour en découvrir le caractère unique, mais cherchons dans chaque espèce – y compris l'espèce humaine – ce qui lui est singulier. Dans cette perspective non idéologique, on constate qu'il existe des espèces auxquelles certains traits sont propres. Nulle autre espèce que la pieuvre ne possède un cerveau « délocalisé » à travers ses huit tentacules. Les éléphants sont quant à eux capables de prévoir un orage très longtemps à l'avance parce qu'ils possèdent une capacité extraordinaire à percevoir les infrasons.

Au sujet des sens extraordinaires que possèdent certains animaux – et qui les rendent en ces domaines très supérieurs à nous ! – le scientifique Rupert Sheldrake, docteur en sciences naturelles à l'université de Cambridge et chercheur à l'Institut des sciences noétiques en Californie, a écrit un ouvrage de référence : *Les Pouvoirs inexpliqués des animaux*[1]. Fondé sur les témoignages de deux mille propriétaires d'animaux et dresseurs, il étudie les perceptions propres à certains animaux, et qui demeurent inexplicables par les critères scientifiques actuels. Il s'intéresse ainsi à la télépathie entre maîtres et animaux de compagnie (retour anticipé du maître que l'animal a pressenti, par exemple). J'ai eu pendant plusieurs années une maison de campagne en Normandie où je me rendais de manière aléatoire, deux ou trois fois par mois. Mon chat, Pouchkine, préférait y demeurer en permanence plutôt que de faire les trajets entre Paris et la Normandie, et s'invitait souvent chez les voisins en mon absence. Or chaque fois que j'arrivais en voiture, je le trouvais assis devant le portail à m'attendre. Ma voisine m'a dit que dès qu'elle voyait Pouchkine sortir et se poster devant le portail, elle s'attendait à voir ma voiture au loin dix à quinze minutes plus tard, alors que je ne la prévenais jamais de ma venue. Par un sens mystérieux, mon chat savait quand je serais de retour. Il existe aussi des personnes capables de communiquer par télépathie avec les animaux. Certains éleveurs font appel à elles pour soigner des animaux qui souffrent de troubles de type dépressif en essayant de comprendre ce qui les affecte. Rupert Sheldrake s'intéresse aussi au sens de l'orientation extraordinaire des oiseaux migrateurs, comme les hirondelles d'Europe, qui retrouvent leur berceau d'origine après avoir parcouru des milliers de kilomètres, ainsi qu'au sens prémonitoire de certains animaux, qui pressentent l'imminence d'un tremblement de terre, d'un tsunami, d'une crise d'épilepsie chez leur maître. Ainsi, en Asie, en 2005, des rescapés du tsunami au Sri Lanka et en Thaïlande ont été témoins de l'agitation et de la fuite des animaux avant le drame, notamment des éléphants, qui se réfugiaient sur les hauteurs. Autant de dons et de facultés que l'être humain ne possède pas. N'allons pas affirmer pour autant que les chiens et les chats sont les êtres les plus évolués de la Création parce qu'ils possèdent ces dons intuitifs extraordinaires, ou que les oiseaux migrateurs sont les maîtres du monde parce qu'ils ont le meilleur GPS interne ! Disons simplement que chaque espèce

L'homme n'est pas pétri
d'un limon plus précieux ;
la Nature n'a employé
qu'une seule et même pâte
dont elle a seulement varié les levains.

JULIEN OFFROY DE LA METTRIE
(médecin et philosophe français, 1709-1751)

possède des dons singuliers qui la rendent différente des autres, et parfois supérieure aux autres dans tel ou tel domaine.

C'est dans cet état d'esprit que l'on peut aborder sainement la question de la singularité, ou des singularités, de l'être humain. Avons-nous quelques qualités spécifiques que ne posséderait aucune autre espèce animale ? La plupart des éthologues, qui sont pourtant extrêmement méfiants à l'égard de ce qui pourrait être revendiqué comme « propre » à l'humain, voient dans le langage une singularité humaine. Voici ce qu'écrit à ce propos Frans de Waal dans son ouvrage au titre éloquent : *Sommes-nous trop « bêtes » pour comprendre l'intelligence des animaux ?*, dont je me suis largement inspiré dans le chapitre précédent : « Je ne suis pas du genre à faire souvent ce type de déclaration, mais je considère que nous sommes la seule espèce linguistique. En dehors de notre espèce, pour être honnête, il n'y a aucune preuve de communication symbolique aussi riche et multifonctionnelle que la nôtre. C'est peut-être notre propre puits sans fond, ce pour quoi nous sommes particulièrement doués. D'autres espèces sont très capables de communiquer leurs processus intérieurs, leurs émotions et leurs intentions, ou de coordonner des actions et des plans au moyen de signaux non verbaux, mais leur communication n'est ni symbolique ni infiniment flexible comme le langage. [...] Pour ma part, je pense simplement que le grand avantage du langage est d'abord et avant tout de transmettre des informations qui transcendent l'ici et maintenant[2]. » Même son de cloche chez l'éthologue Boris Cyrulnik. À Karine Lou Matignon qui lui demande si on peut désormais considérer les animaux comme des personnes, il apporte cette réponse : « Je ne dirais pas comme des personnes, mais comme des individualités animales. On est une personne quand on est sujet de sa parole. Qu'ils soient des individus, c'est incontestable, qu'ils possèdent des tempéraments et des développements différents, des interactions personnalisées, aussi, mais pour parler de leur histoire, il faudrait qu'ils puissent nous raconter la représentation qu'ils ont d'eux-mêmes. Les animaux ont un sentiment de soi. Pour avoir une histoire de soi, il faut avoir une représentation d'images et de mots[3]. » Cette question fait toutefois débat. D'autres scientifiques, notamment américains, considèrent que les animaux, comme les grands singes, qui racontent leur histoire par le langage des signes, peuvent être considérés comme des personnes non humaines.

À cette spécificité humaine du langage j'ajouterais trois autres dimensions qui me semblent, en l'état actuel de la connaissance que nous avons des animaux, constituer aussi des singularités humaines. J'ai déjà évoqué la dimension mythico-religieuse, qui est intimement liée au langage puisque c'est par lui qu'elle s'exprime, mais il me semble important de souligner le caractère très singulier de l'imaginaire humain, capable de créer des mythes, de croire en des réalités invisibles et de structurer son existence à partir de ces croyances. Nous n'avons décelé aucune trace, dans les sociétés animales, de quelque chose de semblable. Les cultures animales transmettent des techniques et des savoirs qui rendent la vie plus facile, mais jamais des croyances et des rituels symboliques qui visent à apaiser l'angoisse existentielle ou à donner du sens à la vie, et qui renvoient à des croyances en des forces invisibles. Certes les éléphants et certains grands singes pleurent leurs morts et exécutent parfois des formes de rituels funéraires, mais ceux-ci ne relèvent pas de croyances en une vie *post mortem*, à l'inverse, par exemple, des rites funéraires de nos lointains ancêtres de la préhistoire, qui enterraient leurs morts selon des rituels qui témoignaient de la croyance en une vie après la mort (en les plaçant en position fœtale ou tournés vers le soleil levant, en disposant des armes pour chasser ou des aliments à leurs côtés, etc.).

Comme je l'ai évoqué plus haut, la plupart des traditions religieuses et philosophiques antiques nous enseignent que cette aptitude singulière est liée

L'intelligence animale
n'est pas une intelligence humaine
moins évoluée que celle de l'homme,
mais tout simplement
une intelligence différente.

DOMINIQUE LESTEL
(philosophe français, né en 1961)

à l'esprit humain qui possède ces qualités uniques à cause de sa nature « divine ». Je ne chercherai pas à discuter ici de ce point, car il repose sur des croyances invérifiables. Que l'esprit humain soit le seul à accéder à une dimension mythico-religieuse est une chose, affirmer que cette dimension n'est pas le fruit de l'évolution naturelle, mais qu'elle relève d'un saut qualitatif, lié par exemple à une intervention divine particulière, en est une autre, et seuls des croyants peuvent adhérer à cette assertion. Il en va de même quant à la croyance, largement partagée par les courants religieux et de sagesse de l'humanité, selon laquelle l'être humain a une destinée spirituelle unique et accessible en cette vie : la Libération, l'Éveil, la divinisation.

On peut aussi observer que l'espèce humaine est la seule capable de développer une responsabilité éthique universelle. Les autres espèces animales peuvent respecter des règles au sein de leur communauté, ne pas franchir certaines limites, faire preuve d'empathie envers d'autres individus, mais sont-elles capables de penser et de mettre en place une morale du vivant, qui les inciterait à accorder une protection ou des droits aux autres espèces animales ? Les individus qui refusent de manger de la viande pour des raisons éthiques sont toujours des êtres humains. Nous n'avons jamais vu un autre animal carnivore ou omnivore devenir végétarien. Si l'être humain est capable de dominer et d'exploiter les animaux, il est aussi capable de promulguer de manière unilatérale, donc sans réciprocité, des lois visant à les protéger. Ce sens de la responsabilité à l'égard des autres êtres vivants – mais aussi de la planète en général –, qui découle probablement de nos capacités cognitives abstraites, constitue selon moi une des singularités humaines, et elle s'avère des plus urgentes et nécessaires.

Enfin, je vois une dernière singularité chez l'homme dans le caractère infini de son désir. Vous autres animaux avez aussi des désirs, mais ils semblent toujours limités à vos besoins fondamentaux : vous nourrir, être reliés aux autres membres du groupe auquel vous appartenez ou le dominer, vous reproduire, déterminer dans votre environnement ce qui pourrait vous être utile, etc. Il n'en va pas de même pour l'être humain, qui n'a aucune limite à son désir, pour le meilleur et pour le pire. Le désir de domination d'un chimpanzé mâle se limitera à son groupe et aux groupes voisins, alors que le désir de domination des humains peut s'étendre à la planète entière, voire au cosmos si nous en avions les moyens. Napoléon et Hitler n'avaient aucune limite dans leur désir de puissance et de domination du monde. Il en va de même de notre désir de possession des choses matérielles : notre avidité est sans limite et un multimilliardaire voudra encore posséder des choses qu'il n'a pas. Ce que les Grecs appelaient l'*hubris*, la démesure, constitue une singularité humaine. Mais ce caractère infini du désir peut aussi avoir un aspect positif, lorsqu'il se porte, par exemple, dans le domaine immatériel de la connaissance. C'est parce qu'il a une curiosité insatiable, une soif infinie de connaître, que l'être humain s'est lancé dans la prodigieuse aventure de la connaissance scientifique de l'infiniment grand et de l'infiniment petit, comme dans celle, non moins exaltante, de l'introspection et de la connaissance de soi.

Ces différentes singularités humaines ne nous rendent en rien globalement « supérieurs » à vous autres animaux. Elles nous distinguent de vous et nous confèrent, en ces domaines, des avantages ou des inconvénients spécifiques. Il en va de même pour chaque espèce qui possède des singularités les distinguant des autres espèces. Ainsi, vous, les dauphins, possédez un sonar unique qui vous permet de détecter des objets ou des êtres en mouvement sous l'eau à des distances étonnantes sans que cela vous confère une supériorité générale. Et vous, les guépards, qui êtes les animaux terrestres les plus rapides, courez trois fois plus vite que l'être humain le plus rapide au monde. Cette supériorité spécifique ne vous donne pas le titre de « rois de la Création ». Il en va de même pour nous autres humains : ce n'est pas parce que nous avons des singularités qui nous confèrent certains avantages spécifiques (comme le langage ou la pensée symbolique) que nous pouvons nous considérer comme « uniques » dans la nature et globalement supérieurs à vous. Et ce n'est justement pas parce que nous serions semblables à vous en tout, mais grâce à la singularité d'une conscience possible de notre responsabilité envers tous les êtres sensibles, que nous pouvons nous mobiliser pour vous protéger de la prédation et de la tyrannie humaines.

6

De l'exploitation à la protection

J'ai évoqué les grands courants philosophiques et religieux majoritaires qui ont apporté une justification à notre désir de vous dominer et de vous exploiter, et qui ont récusé l'idée même que nous aurions une obligation morale à votre endroit. Il serait injuste de passer sous silence les voix, moins nombreuses, qui se sont élevées contre votre infériorisation et votre exploitation. Même si les traditions religieuses hindoues et bouddhistes affirment notre supériorité spirituelle, elles condamnent les violences qui vous sont infligées et encouragent globalement le végétarisme pour des raisons éthiques (sans en faire une obligation morale). Composé au début de notre ère, le grand texte hindou du Mahâbhârata proclame : « La viande des animaux est comme la chair de nos propres enfants [...]. Est-il besoin de dire que ces créatures innocentes et en bonne santé sont faites pour l'amour de la Vie ? » La tradition bouddhiste a toujours encouragé la bienveillance et la compassion envers tout être vivant, comme l'exprime si bien le sage bouddhiste indien du VIIIe siècle Shantideva : « Tant que l'espace durera et tant qu'il y aura des êtres, puissé-je, moi aussi, demeurer, pour dissiper la souffrance du monde. »

Quelques voix marginales, mais puissantes, se sont élevées dans les mondes grec et romain pour condamner la violence faite aux animaux. Pythagore, l'un des pères fondateurs de la philosophie grecque, est le premier végane occidental connu : non seulement il condamnait le sacrifice religieux des animaux et s'abstenait d'en consommer la chair, mais il refusait aussi de se vêtir de cuir ou de laine. Son attitude était très probablement liée à sa croyance en la métempsycose, selon laquelle l'âme immortelle transmigre à travers tous les vivants. On rapporte qu'il s'opposa un jour à un homme qui maltraitait son chien en lui disant : « Arrête et ne frappe plus, car c'est l'âme d'un homme qui était mon ami, et je l'ai reconnu en entendant le son de sa voix. » Empédocle partageait aussi cette croyance et prônait le végétarisme. Théophraste, le successeur d'Aristote au Lycée, avait une opinion divergente de celle de son maître sur la différence radicale entre l'être humain et les animaux et affirmait au contraire une continuité du vivant qui l'incita aussi au végétarisme éthique. Également végétarien, Plutarque a écrit, au premier siècle de notre ère, des textes puissants pour défendre l'idée d'une éthique envers tous les vivants dotés d'une âme sensible, quand bien même celle-ci ne serait pas rationnelle chez les animaux. Dans son ouvrage *Sur l'usage des viandes*, il écrit : « Nous ne sommes sensibles ni aux belles couleurs qui parent quelques-uns de ces animaux, ni à l'harmonie de leurs chants, ni à la simplicité et à la frugalité de leur vie, ni à leur adresse et à leur intelligence ; et, par une sensualité cruelle, nous égorgeons ces bêtes malheureuses, nous les privons de la lumière des cieux, nous leur arrachons cette faible portion de vie que la nature leur avait destinée. Croyons-nous d'ailleurs que les cris qu'ils font entendre ne soient que des sons inarticulés, et non pas des prières et de justes réclamations de leur part ? » Ces mots font écho aux vers du poète latin Ovide, contemporain de Jésus, qui écrit dans ses *Métamorphoses* : « Comme il se prépare à verser un jour le sang humain, celui qui égorge de sang-froid un agneau et qui prête une oreille insensible à ses bêlements plaintifs. »

Nous avons vu que la tradition chrétienne a fait peu de cas des bêtes. Parmi les très rares voix discordantes, citons celle de François d'Assise qui, au XIIIe siècle, demandait à ses frères d'« honorer tout ce qui vit ». On raconte qu'il prêchait aux oiseaux, a rendu pacifique un loup qui terrorisait les habitants de Gubbio, et qu'il a remis à l'eau un poisson vivant qu'on lui avait donné. Rien n'atteste pour autant qu'il était végétarien, mais son amour pour « toutes les créatures » en a fait le chantre de la défense des animaux au sein du monde chrétien. Et il n'est guère surprenant que le pape François ait voulu rendre hommage à son saint patron en publiant une encyclique consacrée aux questions écologiques, *Laudato si*, qui prône le respect des animaux : « Le cœur est unique, et la même misère qui nous porte à maltraiter un animal ne tarde pas à se manifester dans la relation avec les autres personnes. » Il rappelle aussi que le catéchisme de l'Église catholique, établi sous le pontificat de Jean-Paul II (lui aussi très sensible à la protection des animaux), stipule qu'« il est contraire à la dignité humaine de faire souffrir inutilement les animaux et de gaspiller leur vie ». Au fil des siècles, des voix discordantes se sont aussi fait entendre dans le judaïsme et dans l'islam, deux religions qui prônent l'abattage rituel sans étourdissement afin que l'animal se vide vivant de son sang.

Si je suis obligé
de ne faire aucun mal à mon
semblable, c'est moins parce qu'il est
un être raisonnable
que parce qu'il est un être sensible ;
qualité qui,
étant commune à la bête et à
l'homme,
doit au moins donner à l'une
le droit de n'être point
maltraitée inutilement par l'autre.

JEAN-JACQUES ROUSSEAU
(philosophe des Lumières, 1712-1778)

Ainsi, au début du XXe siècle, le premier grand rabbin de Palestine, Isaac Kook, condamnait-il fermement l'abattage et enjoignait à ses fidèles, qui n'entendaient pas déroger à l'abattage rituel, de s'abstenir de consommer de la viande. Selon un célèbre hadith, le prophète Muhammad a dit : « Celui qui tue inutilement même un moineau sera interrogé par Allah le jour du Jugement. » Plusieurs grands spirituels musulmans ont ainsi prôné le végétarisme, à commencer par la grande mystique irakienne Rabia, mère de la tradition soufie, au VIIIe siècle.

Avec la Renaissance et l'émancipation de la philosophie occidentale à l'égard de la théologie chrétienne, de nouvelles voix se sont élevées pour défendre les animaux, telle celle de Montaigne. Mais le cartésianisme influence considérablement les penseurs modernes. Au XVIIIe siècle, Voltaire est, avec Rousseau, l'un des rares penseurs des Lumières à condamner avec force la conception de l'animal machine. Dans son *Dictionnaire philosophique*, il écrit à l'article « Bêtes » : « Des barbares saisissent ce chien, qui l'emporte prodigieusement sur l'homme en amitié ; ils le clouent sur une table, et ils le dissèquent vivant [...]. A-t-il des nerfs pour être impassible ? Ne suppose pas cette impertinente contradiction dans la nature. »

L'idée, déjà ancienne, d'une corrélation entre la cruauté envers les animaux et celle manifestée envers les humains est reprise par plusieurs penseurs et poètes, mais aussi par le peintre anglais William Hogarth dans sa célèbre gravure *The Four Stages of Cruelty* (1751), laquelle montre l'histoire d'un homme à travers quatre gravures. Dans la première, on le voit, enfant, martyriser un chien. Dans la seconde, jeune cocher, il brutalise son cheval tombé à terre. Dans la troisième, il est arrêté pour avoir assassiné sa maîtresse et, dans la quatrième, un chien dévore son cœur qui gît au milieu de ses entrailles.

Un siècle plus tard, le philosophe allemand Arthur Schopenhauer affirme avoir été vivement impressionné par cette œuvre. Il fondera sa pensée sur le « vouloir vivre » commun qui anime hommes et bêtes et impose le respect de tout être sensible. Les animaux et les humains nous inspirent de la pitié et forcent notre considération parce qu'ils souffrent. La souffrance, selon lui, et non la raison, est le véritable critère du respect moral. Considérant que « les hommes sont les diables de la Terre et les animaux les âmes tourmentées », il affirme, contre Kant et Locke, qu'on ne peut soustraire les animaux à la morale commune. Bien au contraire, le respect des animaux constitue un authentique gage de moralité :

« Une compassion sans bornes qui nous unit avec tous les êtres vivants, voilà le plus solide, le plus sûr garant de la moralité[1]. »

Cette idée, selon laquelle on doit se garder de maltraiter un être non parce qu'il est doué de raison, mais parce qu'il est sensible, se trouve déjà dans l'œuvre de Jean-Jacques Rousseau, mais elle prend un essor considérable au XIXe siècle avec Jeremy Bentham et la philosophie utilitariste anglo-saxonne qui juge le caractère moral d'un acte à ses conséquences : procure-t-il du bien-être ou de la souffrance ? Concernant les animaux et l'attitude que nous devons avoir envers eux, « la question n'est pas : peuvent-ils raisonner ? peuvent-ils parler ? Mais : peuvent-ils souffrir[2] ? », affirme Bentham.

Au XIXe siècle, en Angleterre tout d'abord (dès 1824), puis bientôt dans le reste de l'Europe, naissent et se développent ainsi des sociétés de protection des animaux. Un arsenal législatif est instauré afin de condamner les actes de cruauté commis envers les bêtes. En France, la Société protectrice des animaux est créée en 1845, et la loi Grammont, qui vise à protéger les animaux des mauvais traitements infligés par les humains, est votée en 1850.

Ce n'est sans doute pas une coïncidence si la plupart des penseurs et des acteurs qui militent alors en faveur des animaux sont aussi ceux qui se battent pour l'abolition de l'esclavage, l'émancipation des femmes ou l'amélioration de la condition ouvrière. Dans son *Introduction aux principes de la morale et de la législation* (1789), Bentham dénonce l'esclavage et l'asservissement des animaux au nom du même préjugé qui nous fait considérer que des êtres sont inférieurs aux autres pour des raisons anatomiques ou de couleur de peau, et peuvent être exploités à notre guise. Émile Zola, qui a tant écrit pour dénoncer les conditions déplorables des prolétaires, est aussi un ardent défenseur de la cause animale : « Est-ce qu'on ne pourrait pas commencer par tomber d'accord sur l'amour qu'on doit aux bêtes ? [...] Et cela simplement au nom de la souffrance, pour tuer la souffrance, l'abominable souffrance dont vit la nature et que l'humanité devrait s'efforcer de réduire le plus possible, d'une lutte continue, la seule lutte à laquelle il serait sage de s'entêter[3]. » Cette notion de « l'abominable souffrance dont vit la nature » mérite qu'on s'y arrête. Car, à ne parler que du comportement de l'homme à votre endroit, on pourrait croire qu'il vous arrache à un état de nature paisible, sinon paradisiaque.

Il n'est point permis
de supposer l'esprit dans les bêtes,
car cette pensée n'a point d'issue.
Tout l'ordre serait aussitôt menacé
si l'on laissait croire que le petit
veau aime sa mère, ou qu'il craint la
mort,
ou seulement qu'il voit l'homme.
L'œil animal n'est pas un œil.
L'œil esclave non plus n'est pas un
œil, et le tyran n'aime pas le voir.

ALAIN
(philosophe français, 1868-1951)

On sait qu'il n'en est rien, que la jungle dans laquelle la gazelle est dévorée vivante par le lion est aussi un cruel abattoir. On sait également que l'évolution a fait l'homme chasseur et carnivore. C'est là sans doute le piège de la condition humaine. En nous mettant par la pensée en dehors, sinon au-dessus de la nature, elle nous impose de vivre selon notre culture, tout en nous transmettant nos instincts animaux. Nous ne pouvons pas comme vous autres animaux nous justifier par l'état de nature. Nous portons une éthique, ou une capacité éthique, qui nous responsabilise et nous interdit de calquer notre comportement sur le vôtre. C'est à nous d'être humains, pas à la nature, à nous de vous soustraire à sa violence et non de remplacer la sienne par la nôtre.

Victor Hugo, autre écrivain progressiste, a aussi dénoncé la cruauté des hommes envers les animaux et souligné la bonté qui existe parfois chez eux : lisez ou relisez son poème bouleversant « Le crapaud », dans *La Légende des siècles.* La plupart des féministes ont aussi fait leur la cause animale, à l'image de Louise Michel, qui écrivait : « Plus l'homme est féroce envers la bête, plus il est rampant devant les hommes qui le dominent[4]. »

Si la philosophie anglo-saxonne, dans la lignée de l'utilitarisme, a pris fait et cause pour les animaux, il n'en va pas de même en France et dans la plupart des pays européens de tradition cartésienne et catholique. Au XXe siècle, la plupart des philosophes français, à l'image de Jean-Paul Sartre, ont contribué à faire perdurer l'idée d'un fossé séparant l'être humain des animaux et à se moquer de ceux qui se préoccupent « par sensiblerie » de la cause animale. Même Emmanuel Levinas, que j'ai bien connu, ne pouvait admettre que les animaux possèdent un visage qui, selon lui, force le respect et l'éthique. Je noterais toutefois deux grandes exceptions : Jacques Derrida, qui était végétarien et a écrit *L'animal que donc je suis*, un réquisitoire terrible contre les pratiques de l'être humain envers les animaux, dans lequel il compare les fermes d'élevage intensif aux camps d'extermination et dénonce avec force « la violence industrielle, mécanique, chimique, hormonale, génétique, à laquelle l'homme soumet depuis deux siècles la vie animale[5] » ; Élisabeth de Fontenay, dont l'érudition n'a d'égal que l'amour profond qu'elle porte aux animaux ; celle-ci a publié un ouvrage décisif d'histoire de la philosophie sur la conception que nous avons des animaux depuis les Grecs jusqu'à nos jours : *Le Silence des bêtes*. Évoquant la fameuse formule de Descartes, qui considère l'homme comme « maître et possesseur de la nature », elle appelle l'être humain à être « responsable et protecteur ».

7

Au-delà du débat du « spécisme »

Depuis l'Antiquité, en Grèce comme en Inde, nous nous posons la question suivante : l'éthique peut-elle s'étendre à vous autres animaux ? Nous avons vu que la plupart des philosophes occidentaux considèrent que la justice implique un contrat et une réciprocité : j'ai des droits, mais aussi des devoirs envers les autres. Or si nous pouvons, nous autres humains, vous accorder des droits, comment pourriez-vous assumer des devoirs envers nous ? Comment le respect exigé pourrait-il être réciproque, puisque nous ne partageons pas le même langage et que vous ne pouvez comprendre les termes du contrat moral que nous vous proposons ? La justice peut-elle être à sens unique ? C'est la raison pour laquelle, à partir de l'époque moderne, la grande majorité des philosophes et des théologiens vous a refusé le statut de personne morale et de sujet de droit.

Cela n'a pas toujours été le cas, en particulier dans la Chrétienté médiévale et à la Renaissance. On l'ignore souvent, mais du XIIe au XVIIIe siècle, les animaux ont fait l'objet de procès qui nous paraissent aujourd'hui extravagants, mais qui montrent comment se posait la question de savoir si vous, chers animaux, étiez responsables de vos actes. Ainsi, en 1120, l'évêque Barthélemy déclara maudits et excommuniés des mulots et des chenilles qui abîmaient les récoltes. L'année suivante, il s'en prit aux mouches, qu'il excommunia là encore. On pourrait multiplier les exemples de charançons convoqués au tribunal solennellement et qui, ne s'y rendant pas, se voyaient désigner un avocat, puis condamnés à l'excommunication. On a aussi vu à Falaise, en Normandie, en 1386, une truie emprisonnée, jugée et condamnée à subir des mutilations atroces avant d'être exécutée ; elle s'était rendue coupable d'avoir dévoré le visage et le bras d'un enfant qui avait succombé à ses blessures. Les théologiens ne sont pas d'accord entre eux à ce sujet, mais une majorité estime que les animaux peuvent être tenus responsables de leurs actes. Comme tous les êtres vivants, ils possèdent une âme qui serait, pour les animaux supérieurs, proche de celle de l'homme. Pour un théologien comme Albert le Grand, au XIIIe siècle, la différence essentielle entre vous et nous serait le sentiment religieux, accessible seulement aux hommes. Cela n'empêchait pas, dans un monde où nous, hommes et animaux, cohabitions les uns avec les autres de manière plus proche qu'aujourd'hui, des théologiens de se demander si les animaux devaient jeûner, travailler le dimanche et être condamnés pour leurs actes… À partir du XVIIe siècle, ces débats ne sont plus d'actualité. La question est tranchée : l'animal est considéré comme une machine et non plus comme un justiciable.

Pour tenter de sortir de cette impasse, le philosophe américain Tom Regan, récemment disparu, a proposé d'opérer une distinction entre les « agents moraux » et les « patients moraux ». Les agents moraux sont des personnes qui possèdent des facultés rationnelles suffisamment développées pour être responsables de leurs actes et participer au contrat social, lequel implique une réciprocité des droits et des devoirs. Les patients moraux ne peuvent participer au contrat social du fait du développement insuffisant de leurs facultés rationnelles, mais on peut considérer que ce sont des êtres vulnérables, envers lesquels nous avons une responsabilité morale de protection. Les enfants, les personnes qui ont un handicap mental, certaines personnes âgées et les animaux font partie de cette dernière catégorie. Ils ne peuvent être tenus pour responsables de leurs actes, mais ce sont des êtres vivants, sensibles, désirants, qui possèdent une forme de conscience et de cognition ; nous ne pouvons donc les traiter comme bon nous semble et devons leur accorder des droits.

J'adhère pleinement à cette conception. L'histoire manifeste un progrès indéniable de notre conscience morale, qui n'a jamais cessé de s'étendre à d'autres groupes d'individus, malgré des périodes de régression. Dans les sociétés anciennes, le respect ne concernait que les membres d'une même tribu, puis il s'est étendu aux autres clans, puis à la cité entière, puis aux membres des autres cités. On a longtemps considéré que certains humains ne méritaient pas d'être respectés au nom d'une prétendue infériorité (les esclaves), et cette barrière s'est effondrée au cours des siècles écoulés. Depuis son avènement à la fin du XVIIIe siècle, la notion de « droits de l'homme » s'est étendue progressivement et, même s'il ne faut jamais la considérer comme définitivement acquise pour tous, ces droits ont englobé peu à peu tous les individus qui composent l'humanité, sans distinction de couleur de peau, de sexe ou de religion. Il nous apparaît aujourd'hui « naturel » de protéger tout être humain contre un manque de respect de l'intégrité de sa personne, et bien entendu ce respect s'étend aux personnes vulnérables, comme les enfants ou les handicapés mentaux. L'élargissement de ces droits aux animaux représente une nouvelle étape dans le progrès de la conscience humaine et en constitue certainement le couronnement. Comme Darwin l'a magnifiquement exprimé en 1871, « l'humanité envers les animaux inférieurs est l'une des plus nobles vertus dont l'homme est doté, et il s'agit du dernier stade du développement des sentiments moraux. C'est seulement lorsque nous nous préoccupons de la totalité des êtres sensibles que notre moralité atteint son plus haut niveau[1] ». La raison en est simple : respecter nos proches est relativement facile et nous y trouvons un intérêt évident. Mais respecter les êtres vivants qui sont le plus éloignés de nous, ceux d'une autre espèce, est le signe d'un véritable altruisme, d'une réelle capacité à se soucier d'autrui, et ce de manière totalement désintéressée.

L'éthologie nous a permis d'acquérir une bien meilleure connaissance des animaux et a ainsi favorisé le développement de notre sens moral envers vous. Puisque nous savons désormais que vous êtes sensibles à la douleur, que vous avez une vie émotionnelle et affective riche et variée, que vous êtes parfois capables de vous représenter vous-mêmes et de vous projeter dans le temps, notre attitude morale envers vous est en train d'évoluer.

Quelle que soit la nature d'un être,
le principe d'égalité exige que
sa souffrance soit prise en compte
de façon égale
avec toute souffrance semblable.

PETER SINGER
(philosophe australien, né en 1946)

La connaissance fait croître l'empathie et impose le respect. Même si, bien souvent encore, nous préférons rester dans le confort de l'ignorance. J'ai pris récemment un petit déjeuner chez un ami qui s'est étonné que je ne touche pas aux lardons qui accompagnaient les œufs. Je lui ai dit qu'en effet j'adorais ça, mais que depuis que j'avais lu un livre sur l'affectivité et l'intelligence étonnante des cochons, j'essayais de ne plus en manger. Il m'a répondu : « Ne me donne jamais à lire ce livre, j'aime trop le bacon ! »

Boris Cyrulnik exprime très bien cette inéluctable évolution des mentalités : « Plus nous allons développer notre empathie, c'est-à-dire l'aptitude à se représenter les émotions des autres et à s'en préoccuper, conjuguée aux données scientifiques sur les animaux, moins nous pourrons les contraindre, les torturer, les tuer. Cette considération va bouleverser notre système de pensée occidental, et par conséquent nos rapports avec eux, et forcément notre mode de vie[2]. »

Selon cette logique, on a comparé notre attitude discriminante envers les animaux à tous les types de discriminations raciales, sexistes, sociales des sociétés humaines. De même qu'on qualifie de racisme l'attitude qui consiste à ne pas accorder les mêmes droits aux individus en fonction de leur race, ou de sexisme la même attitude discriminante en fonction du sexe d'un individu, ne pourrait-on parler de « spécisme » au sujet de l'attitude qui consiste à n'accorder des droits fondamentaux qu'aux individus d'une seule espèce ? L'expression a été inventée en 1970 par Richard Ryder, un psychologue de l'université d'Oxford. Le mot n'est pas encore officiellement entré dans la langue française, mais l'*Oxford English Dictionary* définit ainsi le « *speciesism* » : « Par analogie avec le racisme et le sexisme, ce terme désigne l'attitude consistant à refuser indûment le respect de la vie, de la dignité et des besoins des animaux appartenant à d'autres espèces que l'espèce humaine. » S'inspirant du concept de « spécisme », un étudiant de l'université d'Oxford, Peter Singer, publie en 1975 un livre qui connaît un succès planétaire et qui deviendra la bible du mouvement « antispéciste » : *La Libération animale.* De Tom Regan à Aymeric Caron, en passant par Jonathan Safran Foer ou Matthieu Ricard, de nombreux intellectuels et écrivains ont popularisé cette philosophie antispéciste.

Si séduisante et généreuse soit-elle dans les intentions, celle-ci n'est cependant pas sans poser quelques questions essentielles. Le philosophe français Francis Wolff prend ses distances avec cette notion et souligne qu'elle ne peut être produite que par les humains : nous sommes en effet la seule espèce à pouvoir se dire « antispéciste ». De ce fait, l'antispécisme entre en contradiction avec ses propres principes, puisqu'il demande à l'homme « de se comporter vis-à-vis des animaux d'une manière différente de celle dont ils se traitent entre eux et dont ils traitent les hommes[3] ». L'argument est parfaitement juste d'un point de vue théorique, mais il ne me semble pas déterminant pour autant d'un point de vue pratique. Nous sommes en effet la seule espèce à pouvoir conceptualiser l'antispécisme et mettre en œuvre une attitude non discriminante à l'égard des autres espèces. Mais c'est justement parce que nous avons ce surcroît de conscience et ce sens moral universel – ce qui constitue, comme nous l'avons vu, une de nos singularités – que nous pouvons étendre aux autres espèces la notion de respect que nous appliquons à nous-mêmes. Certes, nous ne vous demandons pas, chers animaux, votre avis pour vous respecter et vous donner des droits, mais puisque nous défendons ainsi vos intérêts et non les nôtres, cette attitude est hautement morale, et peu importe qu'elle ne soit pas réciproque ou partagée.

Mon objection à l'égard de l'antispécisme est tout autre, et concerne les conséquences pratiques de cette pensée. Car, une fois admise l'idée d'étendre notre responsabilité morale aux animaux considérés comme des patients moraux, se pose à nous autres humains une question beaucoup plus difficile : doit-on dès lors respecter toutes les espèces de la même manière ? Autrement dit, peut-on accorder des droits à certains que nous refusons à d'autres ? Est-il, par exemple, légitime de tuer ou de manger certains animaux et illégitime de le faire pour d'autres ? Et si oui, selon quels critères ? Or l'antispécisme, si l'on pousse sa logique jusqu'au bout, ne nous invite pas seulement à ne pas discriminer les autres espèces animales par rapport aux humains, mais aussi à ne pas discriminer les espèces entre elles. Comme l'affirme très clairement le jeune philosophe français Jean-Baptiste Jeangène Vilmer, auteur de plusieurs ouvrages engagés sur l'éthique animale : « Le spécisme consiste également à discriminer les animaux entre eux. Vous êtes spéciste si, d'un côté, vous protestez contre le fait de tuer et de consommer des chiens et des chats en Asie, et contre la chasse aux bébés phoques ou à la baleine, mais d'un autre côté, vous acceptez le fait de tuer et de consommer des vaches et des cochons, ainsi que la chasse à la perdrix ou la pêche à la truite[4]. »

Les exemples donnés par l'auteur semblent pertinents, car il y a une grande ressemblance de sensibilité et d'intelligence entre les animaux cités,

La plupart d'entre nous
aiment les animaux,
mais notre compassion s'arrête
au bord de notre assiette.

MATTHIEU RICARD
(moine bouddhiste et essayiste français,
né en 1946)

mais si on pousse le raisonnement de la pensée antispéciste à son terme, toutes les espèces animales, sans aucune exception, doivent être respectées. Pourquoi dès lors protéger les chiens, les vaches et les cochons, mais pas les vers de terre, les moustiques ou les cloportes ? Quelle est la limite au respect absolu de l'animal si toutes les espèces sont égales en dignité ? Il n'y en a pas, et un adepte de l'antispécisme devrait, en toute logique, s'interdire de tuer ou de nuire aux intérêts de tout être vivant. L'intérêt du moustique femelle est de me piquer pour nourrir ses œufs : de quel droit le tuer ? L'intérêt de la mite est de se nourrir de mes vêtements : pourquoi l'éradiquer ? Laissons en paix les frelons qui ont fait leur nid dans mon toit, les termites qui se délectent de ma charpente.

Je pense tout au contraire qu'il est nécessaire dans notre comportement envers les animaux d'établir une différence entre les espèces, différence fondée sur des critères de sensibilité, d'intelligence et de conscience de soi. Plus une espèce animale est sensible et consciente, plus elle exige d'être respectée. Plus une espèce animale est capable de souffrir, moins on a le droit de la faire souffrir. Et assurément une éponge souffre moins qu'un chimpanzé ou un coquillage qu'un mammifère. Sans cette distinction entre les espèces, l'éthique animale me semble dans une impasse. Or la pensée antispéciste rend cette distinction impossible par principe. Certains penseurs antispécistes ont tenté de résoudre le problème en appliquant ce critère de graduation au nom de la philosophie utilitariste anglo-saxonne : un acte moral est jugé à ses conséquences sur le bien-être de la personne concernée. Autrement dit, plus l'acte est source de souffrance, plus il est répréhensible. C'est la position de Peter Singer, qui admet tout à fait qu'on puisse traiter différemment les espèces au nom de ce principe utilitariste. Mais alors que reste-t-il de la pensée antispéciste à laquelle il souscrit ? Peter Singer définit le spécisme comme « un préjugé ou une attitude de parti pris en faveur des intérêts des membres de sa propre espèce et qui va à l'encontre des intérêts des membres des autres espèces[5] ». Il ne s'agit donc pas de respecter de manière égale toutes les espèces, mais d'ajuster notre morale en considérant la souffrance de chaque *individu*, humain ou animal, quel qu'il soit. Pour lui, être antispéciste, cela signifie ne plus attribuer à l'être humain une valeur supérieure aux autres espèces, mais envisager de manière égale les intérêts et les affects de l'ensemble des êtres vivants, toutes espèces confondues. Ce raisonnement, parfaitement cohérent, est séduisant, mais ses implications morales concrètes peuvent être difficiles à assumer : selon cette logique, la vie d'un enfant de trois semaines a moins de prix que celle d'un chien ou d'un cochon adulte, puisque la capacité de souffrir, l'intelligence et la conscience de soi de ces derniers sont plus développées que celles du nourrisson. Lors d'un incendie, ce n'est pas le bébé mais le chien qu'il convient de sauver en priorité.

Je ne partage pas ce point de vue et fais le choix d'établir une hiérarchie entre les intérêts d'un être humain, espèce à laquelle j'appartiens et je me sens le plus lié de manière naturelle et affective, et les intérêts de n'importe quel autre animal. Quel animal sacrifierait un bébé de sa propre espèce au profit d'un animal plus évolué d'une autre espèce ? Aucun. Chacun ressent une plus grande empathie envers les membres de son espèce. Comment exiger d'un individu qu'il suive un tel choix moral ? Si un âne portant un enfant tombe dans un puits, je ne me poserai aucune question : d'instinct, je sauverai d'abord l'enfant.

Pour toutes ces raisons, le débat autour du spécisme et de l'antispécisme me met assez mal à l'aise. Plutôt que de cadenasser la discussion dans des catégories à la fois floues et manichéennes de « spéciste » ou d'« antispéciste », mieux vaut poser la question suivante : souhaitez-vous étendre notre responsabilité morale et certains droits qui l'accompagnent aux animaux ? À la totalité des animaux ou à certains d'entre eux, et selon quels critères ? Il me semble que la philosophe Élisabeth de Fontenay n'est pas éloignée de ce point de vue lorsqu'elle explique : « Seuls les partisans de l'égalité morale de tous les vivants, donc les abolitionnistes, refusent cette prise en compte réformiste des différences de degrés. Il existe une hiérarchie animale, et ce n'est pas penser en féodal, mais en réaliste, que de le reconnaître. Cette graduation et cette diversité dans la complexité, le fait que certains êtres vivants ont été construits avec une plus grande quantité d'informations génétiques ou qu'ils sont capables de traiter une plus grande quantité d'informations mémorielles, sont le résultat de l'évolution des espèces. Cette reconnaissance, fondée sur la science, devrait, dans l'attribution des droits, justifier un différentialisme[6]. »

8

Que faire ?

Comment traduire en actes notre volonté de mieux vous respecter, de ne plus vous chosifier, de vous traiter avec respect ? La réponse est d'abord individuelle. Chaque être humain peut choisir d'adopter un comportement éthique envers vous. Cette morale individuelle commence par le souci de ne pas vous maltraiter dans la relation directe que nous entretenons avec vous. Cela nous conduira aussi à éviter toute activité qui consiste à vous mettre à mort par pur plaisir : la corrida, la chasse ou la pêche de loisir. Chasser ou pêcher par nécessité n'a rien à voir avec la pratique de la chasse ou de la pêche pour se divertir. Il y a mille autres manières de se divertir que cette activité cruelle qui consiste à se réjouir de donner la mort ou d'assister à un spectacle de mise à mort d'un animal. Un ami m'a un jour avoué qu'il avait une passion pour la chasse et qu'il avait obtenu, moyennant une somme très importante, le permis d'aller tuer un gros buffle en Afrique. Le buffle était en couple. Il a tué le mâle. La femelle l'a alors chargé. Comme sa vie était en danger, il a eu le droit de la tuer aussi. « Tu te rends compte, j'ai pu en tuer deux pour le prix d'un », m'a-t-il lancé, avec le regard exalté d'un petit enfant. Depuis ce jour, je n'ai plus jamais eu le goût de revoir cet ami. Chaque fois que je pensais à lui me revenait en mémoire le regard jouissif de celui qui a assassiné par plaisir deux malheureuses bêtes, et cela me donnait la nausée.

Que penser également du braconnage à votre encontre, qui serait le quatrième trafic le plus important au monde après le trafic de drogue, la contrefaçon et la traite d'êtres humains ? Que penser de ce rhinocéros tué pour sa corne dans le domaine de Thoiry ? N'est-il pas affligeant de constater que vous n'êtes même plus à l'abri dans les zoos ou dans les réserves naturelles où certains d'entre vous sont même escortés avec des armes ou encore protégés par de nouvelles technologies (caméras thermiques et utilisation de drones, par exemple) ? En août 2016, la France a durci la législation réglementant le commerce d'ivoire en fermant le commerce de l'ivoire et de la corne de rhinocéros à l'état brut. Toutefois, une quantité non négligeable d'ivoire et de cornes travaillées peut encore être commercialisée grâce à un système dérogatoire.

Une autre manière de vous respecter consiste à ne pas vous manger, puisque notre espèce peut très bien vivre sans consommer de la chair animale. Certains vont jusqu'à éviter les laitages ou les œufs (et tous les plats qui en contiennent), très souvent issus de l'exploitation d'animaux – on se souvient de la manière terrible dont on sépare le veau de sa mère, pour le tuer quelques mois plus tard. D'autres, les véganes, vont plus loin encore et s'abstiennent également d'acheter tout produit fabriqué avec des matières animales : pulls en laine, chaussures en cuir, etc. Ce sont assurément ceux qui font preuve de la plus grande cohérence en refusant de cautionner toute exploitation des animaux. Le végétarisme, le végétalisme et le véganisme éthiques concernent encore peu d'individus, mais ils sont en réelle expansion en Occident, notamment au sein des jeunes générations.

Certes, les préjugés demeurent, et beaucoup d'humains pensent encore que la consommation de viande est nécessaire à la bonne santé, alors que les études scientifiques se multiplient qui montrent exactement l'inverse ! Outre les problèmes écologiques qu'elle pose, notre consommation excessive de viande se trouve à l'origine de nombreuses maladies cardio-vasculaires et constitue un terrain favorable au développement de certains cancers, comme l'a récemment rappelé l'OMS. Au XVIIe siècle, un penseur par ailleurs peu aimable envers les animaux, René Descartes, en était déjà convaincu, et prônait un végétarisme scientifique en vue d'une meilleure santé. Nous sommes aussi persuadés à tort que la viande est l'aliment le plus riche en protéines. Le soja, par exemple, apporte deux fois plus de protéines que la viande et celle-ci (le porc) n'arrive qu'en quatorzième position des aliments riches en protéines. Des sportifs de haut niveau sont véganes, tel le sprinter mythique Carl Lewis, qui a remporté neuf médailles d'or aux Jeux olympiques.

Hormis ces préjugés faciles à éliminer, notre attachement à manger des animaux s'enracine dans des raisons moins rationnelles : les traditions culturelles, l'habitude et le goût. L'alimentation s'inscrit au cœur des diverses cultures et en constitue un socle fondamental, parfois en lien avec les religions, autre vecteur culturel clé de ces premières. En Occident, on mange de la dinde à Noël, et dans le monde musulman, du mouton à la fête de l'Aïd. Mais on déguste aussi du foie gras dans le sud-ouest de la France, de la choucroute garnie en Alsace, des moules-frites dans le Nord-Pas-de-Calais. Toutes ces traditions culinaires font intégralement partie, parfois depuis fort longtemps, de nos cultures, et il est très difficile de s'en détacher du jour au lendemain. À une époque de perte de repères, qui déboussole tant d'individus, nous pouvons être tentés de nous accrocher à ces traditions, qui sont autant de marqueurs culturels rassurants. L'habitude joue aussi un rôle prépondérant dans la difficulté à devenir végétarien. Depuis l'enfance, la viande et le poisson constituent les ingrédients premiers de nos menus ; il ne suffit pas de se convaincre du bien-fondé du végétarisme pour y renoncer soudainement. Comme il est difficile de dire à tout jamais adieu à une côte de bœuf si on aime la viande rouge ! Pour beaucoup, la fameuse madeleine de Proust prend la forme du pot-au-feu, des endives au jambon, des sardines grillées ou de la blanquette de veau que cuisinaient si bien leur mère ou leur grand-mère.

Il est certain que le végétarisme, le végétalisme et le véganisme sont les meilleures solutions pour lutter contre la souffrance des animaux de ferme. Compte tenu toutefois de la grande difficulté que nombre d'entre nous ressentent à adopter ces nouveaux modes de vie, on peut proposer des solutions intermédiaires qui, sans être pleinement satisfaisantes, permettent déjà de soulager la souffrance de nombre d'animaux de ferme.

Une compassion sans bornes
qui nous unit avec tous les êtres
vivants, voilà le plus solide,
le plus sûr garant de la moralité.

ARTHUR SCHOPENHAUER
(philosophe allemand, 1788-1860)

Acheter des œufs issus de l'agriculture biologique en s'assurant que les poules ont vécu à l'extérieur, libres de leurs mouvements, ou acheter des poulets fermiers qui ont également vécu libres de leurs mouvements marque déjà un pas précieux. De plus en plus de jeunes éleveurs sont sensibles au bien-être animal et se montrent soucieux de défendre des élevages à taille humaine où les besoins des animaux et leur sensibilité sont davantage pris en compte. On pourrait dès lors imaginer un label de « viande éthique » qui signale que la viande que nous achetons, ou commandons dans un restaurant, provient de tels élevages. Je suis certain que si un tel label était proposé, de nombreux consommateurs préféreraient payer un peu plus cher la viande et feraient ce choix, ce qui aurait pour conséquence d'encourager les autres éleveurs à abandonner l'élevage intensif.

Reste toutefois un problème majeur : celui de l'abattage. Comme l'écrit si bien Franz-Olivier Giesbert (qui est végétarien) : « Les bêtes de boucherie ont les mêmes yeux que nous devant la mort. À défaut d'être notre mauvaise conscience, l'abattoir est en tout cas, à quelques exceptions près, la honte de la jungle[1]. » Les vidéos de l'association L 214 ont choqué l'opinion publique en révélant l'effroyable réalité des abattoirs, y compris de ceux où l'on abat des bêtes venues d'élevages bio ou à taille réduite. À la suite de ce choc traumatisant, notamment pour des éleveurs soucieux et aimant leurs bêtes, le député Olivier Falorni a obtenu la création d'une commission parlementaire qui a auditionné à l'automne 2016 tous les acteurs de la « filière viande » et les plus importantes associations de défense des animaux. Sa principale recommandation a été de préconiser l'utilisation de caméras de surveillance dans les abattoirs pour éviter les actes de malveillance et de cruauté envers les bêtes. Une loi a été votée dans ce sens le 12 janvier 2017. C'est un progrès incontestable, mais, hélas, nettement insuffisant pour tenir compte du bien-être des animaux, qui sont conduits aux abattoirs dans des conditions traumatisantes, abattus à des cadences beaucoup trop élevées pour des raisons de rentabilité et dont un nombre croissant ne sont même plus étourdis préalablement.

En fait, il existe une seule solution à l'horreur des abattoirs : l'abattage à la ferme. Cette pratique, en pleine expansion dans certains pays nordiques, a de nombreuses vertus : l'animal n'est pas traumatisé par le transport dans un lieu inconnu, on lui épargne le stress de l'attente dans les couloirs de la mort et il est abattu sans souffrance. Malheureusement, cette pratique est interdite en France, malgré la demande de nombreux éleveurs (certains contournent la législation française et s'appuient sur la réglementation européenne qui autorise les abattoirs mobiles[2]). Officiellement pour des raisons sanitaires, en fait sous la pression évidente des puissants lobbys de l'abattage industriel. La sociologue Jocelyne Porcher, directeur de recherche à l'Institut national de la recherche agronomique (INRA), et l'éleveur Stéphane Dinard ont créé le collectif « Quand l'abattoir vient à la ferme », qui rassemble de nombreux éleveurs et associations favorables à cette solution.

Si l'abattage à la ferme était autorisé, on pourrait alors lancer un label « viande éthique » ou « bien-être animal » qui garantirait la prise en compte du bien-être des animaux de ferme de leur naissance à leur mort. Sans régler tous les problèmes, loin de là, cela constituerait un progrès et permettrait aux carnivores sensibles à la souffrance des animaux, mais encore incapables de devenir végétariens, de contribuer à faire refluer l'élevage et l'abattage industriels.

Un tel projet s'inscrit dans un courant que l'on qualifie de « welfariste » (de l'anglais *welfare*, « bien-être ») dont l'objectif est de diminuer autant que possible la souffrance des animaux. Il existe à travers le monde de nombreuses associations welfaristes, telles l'AFAAD ou Welfarm en France, qui travaillent en lien avec les éleveurs, les abattoirs, les circuits de la distribution de viande ou les laboratoires pharmaceutiques, dans le but d'améliorer le bien-être des animaux sans pour autant remettre totalement en question le système actuel. Aux welfaristes s'opposent les « abolitionnistes », représentés essentiellement par les véganes, qui demandent qu'on cesse toute utilisation des animaux à des fins utilitaires ou commerciales : que ce soit pour les manger, utiliser leur cuir ou leur laine, s'en servir comme cobayes ou comme objets de distraction dans les cirques.

Comme le dit clairement Tom Regan : « Le mouvement des droits des animaux est un mouvement abolitionniste ; notre but n'est pas d'élargir les cages, mais de faire qu'elles soient vides[3]. » Or le principal obstacle à votre « libération », chers animaux, est d'ordre juridique : même si vous êtes désormais considérés comme des êtres sensibles, vous êtes encore traités comme des biens. Votre statut légal n'est pas celui de « personnes », comme tout être humain, mais de propriété pouvant être achetée ou vendue. C'est ce statut que les abolitionnistes souhaitent faire évoluer en celui de « sujets de droit », à l'instar des humains.

Cela constituerait une véritable révolution : nul être humain n'aurait le droit de « posséder » un animal, de l'acheter, de le vendre ou d'avoir un quelconque pouvoir sur lui. C'est non seulement la fin assurée de l'élevage (ce qui n'est peut-être pas un mal), mais aussi l'extinction assurée des chevaux, des chiens, des chats et de tous les animaux de compagnie. Comme l'affirment les abolitionnistes à votre propos : « Laissons-vous vivre en paix. » Certes, mais de nombreux animaux, depuis des millénaires, sont devenus des compagnons des hommes et n'en souffrent absolument pas. On voit mal demain tous les animaux de compagnie vivre « sans maîtres », et bien d'autres animaux domestiqués retourner vivre à l'état sauvage.

Pour pallier cette solution extrême, quasiment impossible à mettre en œuvre, des juristes sensibles à la cause animale, comme le Français Jean-Pierre Marguénaud, proposent un statut intermédiaire : sans être considérés comme sujets de droit, les animaux pourraient acquérir le statut de personnes juridiques. La différence est subtile, mais essentielle. Un sujet de droit, comme tout être humain, possède des droits inaliénables, dont celui de n'être la propriété de personne. Une personne juridique ne possède pas ces droits inaliénables, mais ses intérêts peuvent être défendus par d'autres, si on estime par exemple qu'ils sont bafoués par de mauvais traitements.

Plusieurs pays ont ainsi fait évoluer leur législation en faisant entrer l'animal dans leur Constitution. L'Inde, tout d'abord, a inscrit dans sa Constitution un devoir de compassion à l'égard des créatures vivantes et le Brésil a interdit la cruauté envers les animaux au niveau constitutionnel. En Europe, la Suisse, l'Allemagne, l'Autriche et le Luxembourg ont également inclus la protection de l'animal dans leur Constitution. En Belgique, des ministères sont dédiés au bien-être animal. Le bien-être animal y est donc devenu une compétence à part entière, confiée à un ministre qui en porte le titre. En décembre 2016 a également été créé à Bruxelles un Conseil du bien-être animal : ce conseil est un organe consultatif chargé d'émettre des avis non contraignants sur divers aspects du bien-être animal et favorise la concertation et la collaboration entre tous les acteurs concernés par cette thématique.

En France, un grand chœur entend œuvrer pour rendre cette cause animale prioritaire. On a ainsi vu des personnalités demander la création d'un secrétariat d'État à la Condition animale – ce qui serait une excellente chose, j'y reviendrai dans le post-scriptum de ce livre – ou lancer un « manifeste animal politique » afin d'inscrire la condition animale dans le débat politique et de soumettre des mesures concrètes aux candidats à l'élection présidentielle. Et comme aux Pays-Bas, un parti animaliste a même été fondé en novembre dernier.

Le véritable test moral de
l'humanité, [...] ce sont les relations
avec ceux qui sont à sa merci :
les animaux.
Et c'est ici que s'est produite
la plus grande déroute de l'homme,
débâcle fondamentale
dont toutes les autres découlent.

MILAN KUNDERA
(écrivain tchèque, né en 1929)

J'ai milité activement en faveur de la modification du statut juridique de l'animal dans le Code civil français, qui le considérait jusqu'alors comme un « bien meuble » et non comme un « être sensible ». En lien avec l'association 30 millions d'amis, j'ai mobilisé de nombreux amis scientifiques et philosophes (Luc Ferry, Michel Onfray, André Comte-Sponville, Boris Cyrulnik, Hubert Reeves, etc.) pour faire signer une pétition visant à faire évoluer le Code civil. Cette pétition a eu un écho médiatique considérable et, le 28 janvier 2015, les députés ont voté de manière définitive une modification de l'article 518 du Code civil, qui reconnaît dorénavant les animaux comme des « êtres sensibles » et non comme des « meubles » (article 515-14), harmonisant ainsi la législation avec le Code rural et le Code pénal. Mais ils restent néanmoins considérés comme des « biens » et non comme des « personnes juridiques », susceptibles d'avoir certains droits fondamentaux.

Il peut être intéressant de mettre en relief les spécificités d'un arrêt du 9 décembre 2015. En l'espèce, une éleveuse avait vendu un chiot qui s'est par la suite révélé atteint d'une cataracte héréditaire à l'origine de troubles de la vision. L'acheteuse s'étant retournée contre la vendeuse, cette dernière a proposé le remplacement du chiot. La Cour de cassation a rejeté l'argumentation de la vendeuse en affirmant que « le chien est un être vivant unique et irremplaçable et un animal de compagnie destiné à recevoir l'affection de son maître sans aucune vocation économique ». Ce sont bien les qualités que le maître lui confère et non ses qualités intrinsèques qui sont mises en avant ici afin de consacrer le caractère irremplaçable de l'animal pour son maître. Une véritable avancée n'aura toutefois lieu que le jour où les tribunaux ajouteront que l'animal souffrirait tout autant de cette séparation et ne se placeront plus uniquement du côté du maître.

Au regard de cette affection liant l'homme à l'animal, la question se pose aussi dans des cas de divorce. En Alaska, les choses ont récemment changé et les animaux ont presque acquis un statut égal à celui des enfants et sont reconnus comme des êtres doués d'émotions : c'est le bien-être de l'animal et en filigrane son droit au bonheur qui sont ainsi pris en compte. En Suisse, si plusieurs personnes se disputent la propriété d'un animal, le juge étudie les conditions de vie de l'animal, l'intérêt de ce dernier, et s'interroge sur son bonheur afin de déterminer à qui le confier.

Il avait également été proposé de développer dans tous les cantons la mise en place d'un avocat au bien-être animal, un avocat au seul service de l'animal dont il serait la voix pour le représenter.

Malheureusement cette spécificité suisse particulièrement novatrice et porteuse d'espoir n'a pas été retenue.

Un point susceptible de raviver l'optimisme quant à votre situation est que l'enseignement relatif au droit des animaux est présent un peu partout dans les universités d'Europe. Le statut de personne non humaine commence également à faire son chemin au sein même des institutions juridiques. En 2013, l'Inde avait reconnu les dauphins comme des « personnes non humaines », possédant donc le droit de pouvoir jouir de liberté et de ne pas être soumis à une exploitation commerciale. La justice argentine a également reconnu des droits à une femelle orang-outan, Sandra, qui vivait dans un zoo et souffrait apparemment d'une situation d'exposition permanente et de manque d'espace. La chambre de cassation pénale a ainsi appliqué à l'animal une ordonnance de l'Habeas Corpus (le droit de ne pas être emprisonné sans jugement). La justice a considéré que sa privation de liberté était illégale en raison de ses capacités cognitives, Sandra étant reconnue comme une personne non humaine. Toutefois, après être née en captivité et avoir vécu toute sa vie dans un zoo, la femelle n'était pas apte à être relâchée dans la nature.

Cela ouvre la voie pour d'autres animaux qui sont arbitrairement privés de liberté dans les zoos, les cirques ou les parcs aquatiques.

Une autre façon de vous protéger, chers animaux, serait en effet de s'interroger sur la façon dont nous pouvons vous utiliser à des fins de loisir. Que penser de ces animaux réduits en esclavage uniquement à des fins de divertissement ? Que penser de ces animaux qui passent leur existence dans un confinement permanent et n'en sortent que pour réaliser quelques tours de piste ? À l'ère des documentaires animaliers, l'argument éducatif ne convainc plus pour légitimer les zoos ou les parcs marins.

Au-delà des nécessaires comportements individuels vertueux qui peuvent faire avancer de manière décisive la cause des animaux, il est des domaines où le législateur devrait agir. Les quatre points les plus urgents me semblent être l'autorisation de l'abattage à la ferme et l'interdiction d'égorger un animal sans étourdissement préalable ; la possibilité pour un animal d'être défendu par un avocat et d'être retiré à son maître s'il est victime de mauvais traitements (et pas seulement une amende) ; l'interdiction de la mise à mort des animaux à des fins de distraction ; enfin l'interdiction des expérimentations sur les animaux lorsqu'il existe des alternatives à l'utilisation d'animaux-cobayes.

J'ai peu évoqué ce dernier point. Chaque année, environ 50 millions d'animaux – plus de 2 millions en France – sont sacrifiés à des fins d'expérimentation en laboratoire. Soyons honnêtes, presque tous les médicaments que nous achetons en pharmacie ont été testés sur des animaux, et on ne peut actuellement prétendre supprimer toute expérimentation sur eux. Il faudrait déjà, comme cela se développe, interdire d'utiliser les animaux pour tester des produits cosmétiques (shampoing, crèmes de beauté, etc.) qui n'ont rien de vital pour l'être humain. Mais il conviendrait aussi d'exiger des laboratoires qui travaillent pour la recherche médicale – qu'elle soit fondamentale ou pharmaceutique – qu'ils n'utilisent les animaux que lorsqu'il n'existe aucune méthode alternative. Or par habitude, par paresse et par souci de rentabilité, la plupart des laboratoires continuent de torturer des singes, des chiens, des rats ou des cochons, alors que, le plus souvent, d'autres méthodes pourraient faire avancer la recherche, ou bien même alors que ces expériences se révèlent totalement vaines. Le psychologue Harry Harlow a torturé des milliers de cobayes pendant plusieurs décennies afin d'étudier, par exemple, « les effets de l'isolement social » en isolant des bébés singes dans des cages en acier, avant de reconnaître, à la fin de sa longue carrière, que « la plupart des expériences ne valent pas la peine d'être faites et les données obtenues ne valent pas la peine d'être publiées[4] ». Face aux innombrables abus de ce genre, une directive européenne publiée en 2010 stipule que « l'utilisation des animaux à des fins scientifiques ou éducatives devrait être envisagée uniquement lorsqu'il n'existe pas de méthode alternative n'impliquant pas l'utilisation d'animaux ». Or malgré cette directive, malgré l'existence de nombreuses méthodes alternatives – comme les cultures de cellules, de tissus et d'organes *in vitro* –, la grande majorité des laboratoires persiste à faire souffrir des animaux. Seule une loi à l'échelle européenne pourrait enfin mettre un terme à ce scandale.

9

Un combat pour tous

Il est vain d'opposer nos intérêts, ceux des humains, aux vôtres. Vous respecter, cesser de vous maltraiter, abandonner l'élevage industriel, c'est aussi l'intérêt profond de tous les hommes.

D'abord parce que, comme cela a été souligné plus d'une fois par de grands esprits, la cruauté envers vous n'est qu'un apprentissage de la cruauté envers les humains. La romancière Marguerite Yourcenar a écrit une page d'une grande lucidité à ce propos : « Révoltons-nous contre l'ignorance, l'indifférence, la cruauté, qui d'ailleurs ne s'exercent si souvent contre l'homme que parce qu'elles se sont fait la main sur les bêtes. Rappelons-nous, puisqu'il faut toujours tout ramener à nous-mêmes, qu'il y aurait moins d'enfants martyrs s'il y avait moins d'animaux torturés, moins de wagons plombés emmenant à la mort les victimes de quelconques dictatures si nous n'avions pas pris l'habitude de fourgons où des bêtes agonisent sans nourriture et sans eau en route vers l'abattoir, moins de gibier humain descendu d'un coup de feu si le goût et l'habitude de tuer n'étaient l'apanage des chasseurs[1]. »

Ensuite, parce que la plupart des éleveurs, comme ceux qui travaillent dans les abattoirs, finissent aussi par souffrir d'infliger tant de tourments aux bêtes, même s'ils se confortent par des discours qui les protègent, même s'ils se convainquent que vous ne souffrez pas. Et pourtant, votre souffrance, ils la connaissent malheureusement si bien, malgré ce mur dressé entre vos cris et leurs consciences. La sociologue Jocelyne Porcher, directeur de recherche à l'INRA, a montré que les éleveurs qui pratiquaient un élevage traditionnel, où ils entretiennent des relations personnelles, bienveillantes avec leurs bêtes, souffraient beaucoup moins de troubles anxieux et dépressifs que ceux qui pratiquent l'élevage intensif, sans aucune considération pour les animaux. Au-delà de ces souffrances morales, la plupart des éleveurs n'arrivent plus à joindre les deux bouts parce que les industriels de la viande (abattage, transformation des produits, distribution et vente en grande surface) leur achètent les animaux en dessous du coût de production

Le cœur est unique,
et la même misère qui nous porte
à maltraiter un animal ne tarde pas
à se manifester dans la relation
avec les autres personnes.
Toute cruauté sur une autre
créature « est contraire à la dignité
humaine ».

PAPE FRANÇOIS
(né en 1936)

(et ils sont finalement les seuls à s'enrichir). Comme le souligne justement Aymeric Caron : « Notez cette dramatique mise en abyme : des animaux esclaves d'éleveurs, eux-mêmes esclaves des industriels[2]. »

Enfin, parce que la surconsommation de viande entraîne de nombreux problèmes environnementaux et sanitaires, parce qu'il ne sera pas possible de nourrir 9 milliards d'hommes ayant le même régime alimentaire que nous. J'ai déjà évoqué brièvement les problèmes de santé liés à une surconsommation de viande. Les études se multiplient sur la question. L'une d'elles, menée par l'European Prospective Investigation into Cancer and Nutrition et portant sur 521 000 individus, a montré que les participants qui mangeaient le plus de viande rouge avaient 35 % de risques supplémentaires de développer un cancer du côlon que ceux qui en mangeaient le moins. De même, une étude publiée par l'université d'Oxford portant sur plus de 100 000 personnes a montré que la consommation quotidienne de viande accroît en moyenne de près de 20 % le risque de mortalité cardio-vasculaire et de 13 % le risque de mortalité par cancer. On pourrait aussi évoquer les scandales sanitaires liés à l'élevage industriel, comme le fameux épisode de la « vache folle ». Cependant, je voudrais davantage insister ici sur les conséquences

“

Est-ce qu'on ne pourrait pas [...]
commencer par tomber d'accord
sur l'amour qu'on doit aux bêtes ? [...]
Et cela simplement, au nom de la souffrance,
pour tuer la souffrance,
l'abominable souffrance dont vit la nature
et que l'humanité devrait
s'efforcer de réduire le plus possible,
d'une lutte continue,
la seule lutte à laquelle
il serait sage de s'entêter.

ÉMILE ZOLA
(écrivain français, 1840-1902)

”

dramatiques de l'élevage pour l'environnement et les problèmes de malnutrition dans le monde.

L'élevage est l'une des principales causes du réchauffement climatique, devant le secteur des transports. Une personne végétarienne contribue davantage à lutter contre le dérèglement du climat qu'un individu qui fait le choix de ne plus utiliser sa voiture. Les deux tiers des terres disponibles pour la culture sont utilisées comme pâturages ou pour produire des aliments destinés aux animaux d'élevage, alors qu'on manque encore cruellement de terres disponibles pour nourrir tous les humains. En 1985, lors de la grande famine en Éthiopie, le pays exportait des millions de tonnes de céréales destinées au bétail anglais. L'équation est simple : pour produire un kilo de viande, il faut la même surface que pour cultiver 200 kilos de tomates ou 160 kilos de pommes de terre. Un hectare de terre peut nourrir 2 personnes carnivores ou 50 personnes végétariennes. Comme le rappelle Matthieu Ricard, « manger de la viande est un privilège des pays riches qui s'exerce au détriment des pays pauvres[3] ». Et le problème est loin d'être réglé, car, si la consommation de viande rouge (la plus néfaste pour l'environnement) tend à diminuer pour des raisons de santé dans les pays occidentaux, elle explose dans les pays émergents comme la Chine (+ 600 % au cours des vingt dernières années).

La moitié de la consommation d'eau potable mondiale est utilisée pour la production de viande et de produits laitiers (80 % aux États-Unis). Aymeric Caron a calculé qu'on utilisait autant d'eau pour produire un steak d'un kilo que pour prendre notre douche quotidienne pendant un an (environ 15 000 litres). Et dans le même temps, 40 % de la population mondiale souffre de la pénurie d'eau…

Notre surconsommation d'animaux a d'autres conséquences néfastes sur la planète. Les forêts sont aussi parmi les principales victimes : 80 % de la destruction de la forêt amazonienne serait due à l'augmentation du nombre de bovins. Outre ses effets négatifs sur l'effet de serre, la déforestation massive a pour conséquence la disparition de nombreuses espèces animales. Il en va de même pour la pêche industrielle qui, avec environ 100 milliards de prises annuelles, détruit les fonds marins et conduit à la disparition de nombreuses espèces de poissons et de coraux. Ce que nous ne savons pas, c'est que, pour pêcher certains poissons ou crustacés très recherchés, les filets capturent quantité d'autres poissons qui sont rejetés à la mer après être morts d'asphyxie. Dans *Faut-il manger les animaux ?*, Jonathan Safran Foer relève ainsi que pour 500 grammes de crevettes, 13 kilos d'autres animaux marins ont été tués et rejetés à la mer, et 145 espèces sont des victimes collatérales de la pêche au thon. Au rythme actuel de la chasse, de la pêche et de la déforestation, on estime qu'environ 30 % des espèces auront disparu d'ici à trente ans. On pourrait encore évoquer la grave pollution des cours d'eau et des nappes phréatiques liée aux déjections des animaux d'élevage. Bref, vous manger est un drame pour vous autres animaux d'élevage, mais c'est aussi une catastrophe pour nous autres humains, et pour la planète qui nous abrite tous.

10

Ces animaux qui nous font du bien

Pendant des millénaires notre relation avec vous a donc été essentiellement vécue sur un mode utilitariste : nous vous utilisions, ou vous exploitions, pour répondre à des besoins spécifiques : manger, travailler, se déplacer, se vêtir. Bien évidemment, des relations affectives se sont aussi créées entre certains humains et leurs animaux, notamment les chevaux, les chats, les chiens ou les oiseaux, mais ce n'est qu'assez récemment que cette dimension amicale entre l'humain et l'animal a pris une place importante dans nos sociétés modernes, avec l'essor spectaculaire du nombre d'animaux dans les familles. En France, on estime que dans environ deux foyers sur trois vit un animal de compagnie, soit plus de 60 millions d'animaux, principalement des chiens, des chats, des rongeurs et des poissons. La relation affective qui se noue entre l'humain et son animal de compagnie est souvent bénéfique pour les deux parties, chacun apportant tendresse, sécurité ou attention à l'autre. J'ai noué des relations affectives avec six chats (Nahidi, Bambou, Déesse, Pouchkine, Pompon, Chaman) et trois chiens (Golfie, Gustave, Luna), et je peux témoigner de l'impact profond qu'ils ont eu dans ma vie. Six d'entre eux sont morts et je les ai pleurés comme des amis chers. Dans les moments difficiles de mon existence, ils m'ont, chacun à sa manière et selon sa personnalité, apporté du réconfort, de l'affection, de la joie. J'ai écrit presque tous mes livres avec un chat assis à côté de mon ordinateur, et leur présence a certainement contribué à mon inspiration, de même que celle de mes chiens avec lesquels j'allais me promener entre deux chapitres a contribué à me détendre et à me reconnecter à mon corps. Mes amis animaux m'ont beaucoup apporté et j'espère leur avoir aussi donné toute l'attention et la tendresse qu'ils méritaient, même si aujourd'hui ma vie de nomade m'éloigne trop souvent de mes trois chats. De tous ces amis animaux, celui qui a sans doute le plus marqué ma vie est Gustave, un chien croisé Leonberg adopté à la SPA alors qu'il avait dix mois. Il avait été appelé Manhattan, sans doute parce qu'il était né autour du 11 septembre 2001. Abandonné par ses propriétaires à l'âge de six mois, il a été recueilli par la SPA, mais cet abandon l'a tellement traumatisé qu'il ne pouvait rester seul et cassait tout dans la maison en l'absence de ses maîtres, ou ne cessait d'aboyer si on le laissait attaché dehors. Il a été ramené deux fois à la SPA par des maîtres à bout de nerfs. Je vivais alors dans un petit village de la forêt de Fontainebleau et ma chatte Bambou venait de mourir empoisonnée par des voisins malveillants. Après quelques mois, je me suis décidé à aller adopter un nouveau chat à la SPA. C'est alors que j'ai aperçu au loin ce magnifique et énorme chien (il pesait déjà plus de 60 kilos) au regard si malheureux. Ce fut un coup de foudre immédiat. On m'a raconté son histoire et combien il fallait être présent de manière continue chez soi pour pouvoir l'accueillir, ce qui n'était pas mon cas. J'ai donc adopté comme prévu un chat noir que j'ai baptisé Pouchkine. Mais je ne cessais de penser à Manhattan. Trois mois plus tard, je suis retourné au refuge de la SPA pour remplir des papiers concernant mon chat et j'ai entendu un aboiement grave et puissant : il était toujours là. Le responsable de la SPA m'a alors expliqué qu'il avait été adopté et abandonné une quatrième fois et qu'il allait falloir l'euthanasier si on ne trouvait pas très rapidement une personne souhaitant l'adopter et pouvant vivre constamment à ses côtés, car le refuge était plein. Je n'ai pas hésité un instant. Je suis reparti avec le chien et, durant les huit années où il a encore vécu, j'ai toujours trouvé des solutions pour le faire garder par des voisins ou l'emmener avec moi dans mes nombreux déplacements. Un lien très fort nous a unis dès le premier jour. Je l'ai rebaptisé « Gustave ». Il est devenu l'un de mes plus proches amis, m'apportant réconfort, bonne humeur, complicité bondissante dans les promenades, tendresse, assurance. Il était tellement attachant, avec sa tête de gros nounours, que j'ai fait de nombreuses rencontres touchantes en me promenant avec lui, notamment avec les enfants, qu'il adorait. Il se montrait aussi très protecteur avec les petits animaux, comme les chats, et c'était un pur bonheur de le voir dormir avec des chatons, lorsque j'ai adopté Pompon et Chaman, découverts sur un bûcher. Il m'a plusieurs fois consolé en venant me lécher le visage lorsque je traversais des moments douloureux, notamment quand j'avais des peines de cœur, et son départ m'a longtemps laissé inconsolable.

J'ai découvert, avec mes chiens et mes chats, ce que de nombreux humains ont vécu : la puissance d'un lien affectif qui n'a rien à envier à ceux que nous pouvons nouer entre humains. Ils ressentent parfaitement nos émotions et nous apportent le réconfort dont nous avons parfois besoin. Une amie, Paule, a trouvé son appartement

La douceur envers les bêtes
accoutume, de manière
« étonnante »,
à la bienveillance envers les hommes.
Car celui qui est doux,
qui se conduit avec tendresse
envers les créatures non humaines,
ne saurait traiter les hommes
de manière injuste.

PLUTARQUE
(philosophe, vers 46-125)

totalement vide un soir en rentrant du bureau : son compagnon l'avait quittée en emportant tous les meubles et n'avait laissé que le chat et sa gamelle. Tandis qu'elle pleurait, son chat, Mao, est venu lui lécher le visage pour recueillir ses larmes pendant près d'une demi-heure. Les animaux de compagnie, mais aussi d'autres animaux, comme les chevaux, les ânes, les cochons, les oiseaux, etc., peuvent tisser des liens très profonds et durables d'amitié et de tendresse avec les humains. Je me souviens de l'amitié entre mon grand-père et un rouge-gorge qui venait à côté de lui tous les matins lorsqu'il lisait le journal dans son jardin. Et mon ami Hubert Reeves peut passer des heures à échanger avec les oiseaux de sa maison de Malicorne. Une autre amie québécoise, Christine Michaud, a noué une relation extraordinaire avec Juju, un lézard géant, et Chopin, un perroquet qui lui demande tous les soirs lorsqu'elle rentre : « Comment tu vas-tu, toi ? »

Certes, ces présences animales nous font beaucoup de bien, aident les enfants à gagner en confiance en eux et les personnes âgées à supporter la solitude. Dans quelques cas, toutefois, l'amour débordant pour les animaux trahit une incapacité à vivre parmi les humains. Nous avons tous connu des personnes misanthropes qui fuient la compagnie de leurs semblables pour se réfugier dans celle de leurs animaux. Ce sont souvent des personnes qui ont été rejetées, abandonnées ou blessées, et qui trouvent chez leurs animaux de compagnie une affection sans faille, un réconfort indéfectible. Certaines personnes adoptent aussi des dizaines d'animaux, alors même qu'elles vivent parfois dans des espaces très exigus. On appelle ce symptôme pathologique le « syndrome de Noé ». De nombreuses pathologies sont liées à un attachement trop fort, ou trop exclusif, aux animaux ; les enfants peuvent parfois fuir la compagnie des autres enfants pour préférer celle, rassurante, de leur animal de compagnie, qui peut cependant aussi contribuer à les désocialiser. L'engouement pour les animaux de compagnie pose également des difficultés pour les animaux eux-mêmes. Chaque été, on entend, le cœur serré, l'histoire de ces animaux abandonnés au bord de l'autoroute par des personnes irresponsables, soudain encombrées par ces êtres qu'elles traitent alors comme des choses. La question de la marchandisation des animaux pose aussi un problème. À titre personnel, il ne me viendrait jamais à l'idée d'acheter ou de vendre un animal. Ce marché est un énorme business qui s'accompagne de pratiques terribles : les animaux invendus sont parfois tués ou cédés à des laboratoires pharmaceutiques pour devenir des cobayes. Or il existe suffisamment d'animaux à adopter chez les particuliers qui les donnent, ou bien évidemment dans les refuges, pour ne pas avoir à entretenir ce commerce.

Depuis une soixantaine d'années s'est développée une nouvelle forme de soin liée à l'animal : la zoothérapie. Afin d'éviter le mot « thérapie », qui prête à controverse dans les milieux médicaux, on parle aussi de « médiation animale » ou de « thérapie facilitée par l'animal ». L'idée d'utiliser des animaux pour favoriser la guérison de certains malades ou accroître leur bien-être n'est pas nouvelle. Au XIXe siècle, des médecins ont introduit des animaux dans des institutions de soins (notamment des asiles d'aliénés) pour apaiser les malades. Mais on attribue au docteur Boris Levinson la paternité de la zoothérapie moderne. Dans les années 1950, ce psychiatre new-yorkais reçoit dans son cabinet Johnny, un enfant mutique diagnostiqué autiste. Or, ce jour-là, Jingles, le chien du médecin, s'est glissé dans son bureau sans que son maître s'en aperçoive. Avant même qu'il ait le temps de le chasser, le psychiatre remarque que l'enfant est attiré par le chien et cherche à entrer en relation avec lui. Il observe la scène et se rend compte avec stupeur que Johnny sort de son mutisme et parle au chien. À la fin de la séance, l'enfant souriant demande à revoir le chien. Ainsi est née la thérapie à l'aide d'une médiation animale, l'idée étant qu'un thérapeute (médecin, psychologue, psychomotricien, etc.) soit accompagné d'un animal afin de faciliter le soin d'un patient. L'aide d'un animal s'avère utile pour les personnes atteintes d'un handicap physique ou mental : polyhandicapés, non-voyants, accidentés, personnes dépressives, autistes ou personnes souffrant de troubles de l'image de soi. Elle est aussi précieuse pour réconforter les enfants malades ou resocialiser les prisonniers et les délinquants.

L'animal le plus sollicité à cette fin est le chien. Fidèle et protecteur, il réconforte, accroît l'empathie et redonne confiance, mais son caractère joueur et joyeux renforce aussi la créativité, l'imagination, et stimule les personnes dépressives. Les chats peuvent apaiser les personnes nerveuses et, selon le vétérinaire Jean-Yves Gauchet, l'inventeur de la « ronronthéraphie », le ronronnement améliore la production de sérotonine, a une action bénéfique sur la tension artérielle et augmente le sentiment de bien-être. Je confirme ! Et j'ai été frappé de constater que mes chats viennent souvent se placer et ronronner sur une partie du corps qui me fait souffrir (le bas-ventre, par exemple, si j'ai des problèmes intestinaux). Pour toutes ces raisons, on a constaté que les chats ont des effets bénéfiques

Telles sont réellement les raisons
pour lesquelles on peut aimer
un animal comme Jofi, avec une
profondeur aussi singulière,
cette inclination sans ambivalence,
cette simplification de la vie libérée du
conflit avec la civilisation,
conflit si difficile à supporter,
cette beauté d'une existence parfaite
en soi. [...] Souvent, en caressant Jofi,
je me suis surpris à fredonner une
mélodie que je connais bien, quoique
je ne sois pas du tout musicien :
l'Aria de Don Giovanni.
Un lien d'amitié nous unit tous deux.

SIGMUND FREUD
(médecin autrichien, fondateur
de la psychanalyse, 1856-1939)

sur les personnes âgées. L'hôpital Charles-Foix, à Ivry-sur-Seine, où résident des personnes âgées et malades, a introduit depuis une trentaine d'années plus de deux cents chats (sous contrôle vétérinaire) qui circulent librement dans l'établissement et dans les chambres des pensionnaires qui les y invitent. Les résultats semblent remarquables, tant pour l'amélioration des troubles anxieux-dépressifs que pour certains problèmes physiques (hypertension). Certaines prisons, comme celle de Lorton à Washington, ont également recours aux chats pour apaiser les détenus, lutter contre la dépression et diminuer leur agressivité.

Les chevaux (équithérapie) sont de plus en plus fréquemment utilisés par des thérapeutes pour aider des personnes (enfants ou adultes) à mieux se connaître, gagner en confiance en soi et dans les autres, apprendre à maîtriser leurs émotions, socialiser. Il existe de plus en plus de centres équestres spécialisés dans l'équithérapie, notamment pour aider les enfants autistes ou caractériels. En communiquant avec le cheval, avec lequel ils se sentent plus à l'aise qu'avec les humains, les enfants apprennent à s'ouvrir aux autres et à communiquer avec eux en leur faisant davantage confiance. Le cheval est aussi utilisé par de nombreux thérapeutes en kinésithérapie ou psychomotricité.

La thérapie avec les dauphins, ou delphinothérapie, est également employée pour les enfants autistes ou asociaux, car le caractère chaleureux, empathique et enjoué de l'animal les aide à prendre de l'assurance et à apprendre à faire confiance à l'autre. Il n'en demeure pas moins que se pose ici le problème de la capture des dauphins. Cet animal n'est pas heureux en captivité, et on sait par ailleurs que pour obtenir les plus beaux spécimens les chasseurs en massacrent des centaines d'autres. Allons plutôt les observer et nager avec eux en pleine mer !

De nombreuses formes de thérapies sont ainsi facilitées par la présence d'animaux, et je me réjouis que de plus en plus d'établissements de soins aient recours à vous, amis chiens, chats, rongeurs, chevaux, ânes, oiseaux et autres. Des centaines de petites associations pratiquent diverses formes de zoothérapie, qui œuvrent généreusement à travers la France. France 3 Bourgogne a récemment proposé une série de reportages émouvants qui permettent d'aller à la rencontre de quelques-unes d'entre elles. On y découvre le travail d'une psychomotricienne et zoothérapeute de l'association

AZCO qui se rend dans le service de cancérologie de l'hôpital des enfants du CHU de Dijon pour proposer des ateliers à des enfants malades avec des lapins, des cochons d'Inde et un chinchilla. Les enfants peuvent rester le temps qu'ils veulent à caresser les animaux, les brosser, les nourrir. Durant ce temps de partage avec les animaux, qu'ils apprécient particulièrement, ils sont souvent amenés à se confier plus facilement aux médecins et à la thérapeute sur leur ressenti. Un autre reportage nous permet d'aller à la rencontre d'un fauconnier au grand cœur, Hubert Josselin, fondateur de l'association Les Chouettes du cœur, qui anime des ateliers de « chouette thérapie » dans des maisons de retraite ou de personnes handicapées pour leur redonner le sourire par le contact avec cet animal peu ordinaire. Le troisième reportage nous fait découvrir une association d'école de chiens guides d'aveugles, qui place des chiots dans des familles pour les éduquer pendant deux ans avant de les remettre à des personnes aveugles qu'ils vont assister au quotidien, apportant une présence affectueuse et rendant d'innombrables services à leurs maîtres.

Certains ont aussi eu la riche idée d'amener des chiens dans les écoles et de les utiliser à des fins éducatives de lutte préventive contre la violence. Ainsi, Marie-Christine Charmier-Ribowski, fondatrice de l'association Enfant-Animal-Nature prévention de la violence, se rend régulièrement dans des classes de primaire dans le cadre des activités périscolaires avec son Golden Retriever, Lili. En présence de l'animal, elle évoque à travers de nombreux supports (livres, films, dessins) la question de la maltraitance envers les animaux, dont les enfants sont parfois acteurs. S'engage alors une discussion sur la violence, ses causes, la manière dont elle se justifie, etc. Et de la violence envers les animaux, on en vient à parler de la violence entre les enfants. De nombreux enfants se confient alors sur les violences dont ils sont victimes, ou dont ils sont les auteurs. La présence apaisante du chien facilite le dialogue et, en cas de chahut, Lili lance quelques aboiements pour faire revenir le calme dans la classe.

Ne pourrait-on étendre ces relations bénéfiques entre nous autres humains et vous autres animaux de ferme ? Je rêve de fermes où on élèverait des animaux non pas pour les manger, mais pour leur permettre de vivre en harmonie au milieu de nous. Enfant, j'ai été élevé à la campagne et nous allions pendant les vacances dans un petit village des Hautes-Alpes, où les paysans avaient de nombreux animaux. J'ai ainsi fréquenté des cochons, des vaches, des veaux, des poules, des moutons, des chèvres, des ânes et des mulets toute mon enfance, et je me souviens comme la présence de ces animaux m'a réjoui le cœur. Des personnes hostiles au végétarisme m'ont fait remarquer que ces animaux disparaîtraient de nos campagnes et s'éteindraient si tout le monde devenait végétarien. J'ai envie de répondre qu'on pourrait dans un premier temps mettre en place un élevage respectueux du bien-être animal, et, dans le cas où nous ne consommerions plus de viande, pourquoi ne pas faire financer par nos collectivités des fermes qui n'existeraient que pour que nous puissions vous observer et entrer en relation avec vous, amis vaches, cochons, poules, moutons ? Certes, vous seriez beaucoup moins nombreux, ce qui serait nécessaire pour des raisons écologiques et de lutte contre la famine, mais vous continueriez de paître dans les prairies ou de gambader librement dans de vastes enclos à ciel ouvert. Nos enfants viendraient vous voir pour apprendre à vous connaître. Ce serait une belle manière aussi de contribuer à la préservation de la biodiversité, sans vous exploiter. L'association Welfarm a ainsi créé une ferme « sanctuaire » de ce type à Vauquois, dans la Meuse, où vous ne produisez rien, où vous finissez votre vie paisiblement là où vous êtes nés, et les enfants des écoles s'y rendent en nombre pour vous observer et entrer en relation avec vous.

POUR CONCLURE

Un grand penseur occidental, Friedrich Nietzsche, a perdu la raison à Turin en 1889 en embrassant, en larmes, un cheval d'attelage battu par son cocher. Chers animaux, j'ai bien l'impression que nous autres humains avons aussi perdu la tête, mais pour de mauvaises raisons, dans la manière dont nous nous comportons envers vous. Sous le prétexte de posséder des facultés intellectuelles supérieures, nous agissons de manière irrationnelle, suivant simplement nos besoins et nos désirs de vous utiliser ou de vous consommer. Les raisons économiques parfois invoquées pour maintenir cette exploitation sont les mêmes que celles avancées autrefois pour justifier l'esclavage ou le travail des enfants dans nos sociétés humaines. Certains affirment aussi qu'on ferait mieux de lutter pour améliorer le sort de l'humain plutôt que de consacrer son temps à protéger des bêtes, comme si l'énergie qu'on consacrait aux unes était volée aux autres. J'ai déjà évoqué le fait qu'historiquement la plupart des tenants du bien-être animal ont aussi été les plus ardents défenseurs des droits de l'homme et de la lutte contre toutes les discriminations au sein de nos sociétés. Peter Singer répond fort bien à cette objection courante : « Ceux qui disent se préoccuper du bien-être des êtres humains et de la préservation de notre environnement devraient, ne serait-ce que pour cette seule raison, devenir végétariens. Ce faisant, ils augmenteraient les quantités de grain disponibles pour nourrir les gens ailleurs dans le monde, réduiraient la pollution, économiseraient l'eau et l'énergie et cesseraient de contribuer à la déforestation. De plus, puisqu'une alimentation végétarienne coûte moins cher qu'une alimentation à base de viande, ils auraient plus d'argent à consacrer au soulagement de la famine, au contrôle des naissances ou à toute autre cause sociale ou politique qu'ils estimeraient la plus urgente[1]. »

À mon modeste niveau, je suis engagé depuis bien longtemps pour un grand nombre de causes humanitaires, je soutiens de nombreux enfants démunis dans des pays pauvres, je parraine une association de solidarité intergénérationnelle (le Parisolidaire) et j'ai cofondé une fondation, sous l'égide de la Fondation de France, qui vise à favoriser le vivre ensemble dans nos sociétés à travers l'éducation de nos enfants (www.fondationseve.org). Je ne peux concevoir de vous voir exclus, chers animaux, de l'avènement de ce monde meilleur, plus respectueux et plus fraternel auquel j'aspire. Et je sais que cette aspiration est partagée par de plus en plus d'êtres humains, notamment parmi les jeunes générations, qui ne peuvent plus supporter de rester indifférents à toutes les souffrances qu'on vous fait subir.

Nous autres humains revenons de très loin. En quelques millénaires, nous sommes passés du cannibalisme à la Déclaration universelle des droits de l'homme. Mais, dans un premier temps, notre sentiment d'« humanité » s'est construit contre vous. Les grands courants de pensée occidentale qui ont permis l'émergence du respect de la personne humaine – principalement le stoïcisme et le christianisme – ont fondé les concepts d'humanité et d'égalité de tous les êtres humains en nous opposant à vous. Ce qui rassemblait les êtres humains – quels que soient leur race, leur sexe, leur religion ou leur statut social –, c'est la dignité de leur personne en tant que dépositaires du *logos* divin (stoïcisme) ou en tant qu'enfants de Dieu (christianisme). Vous les animaux étiez exclus de cette dignité et nous vous l'avons fait payer très cher au cours des deux millénaires écoulés. Au regard de l'histoire longue, cependant, ce fut peut-être pour vous un mal pour un bien. Car le paradoxe de notre histoire complexe, c'est que l'humanisme issu de la pensée grecque et chrétienne a fini par accoucher des droits de l'homme et de la lutte contre toute forme de ségrégation, et que c'est finalement en Occident, depuis bientôt deux siècles, que s'élèvent la plupart des voix qui vous défendent, que se multiplient les associations de défense des animaux et que vos droits progressent le plus.

Nous assistons probablement, et je le souhaite de tout cœur, au passage à un stade éthique supérieur où la pensée humaniste s'émancipe de son cadre anthropocentrique pour s'étendre à tous les êtres sensibles qui peuplent la Terre. Dès lors, faire preuve d'« humanité » ne signifie plus simplement respecter les autres êtres humains, mais tout être vivant, selon son degré de sensibilité et de conscience. La vie s'est exprimée sur Terre à travers une foisonnante diversité. Puisque l'être humain est aujourd'hui l'espèce la plus consciente et la plus puissante, puisse-t-il utiliser ses forces non plus pour exploiter et détruire ces formes de vie, mais pour les protéger et les servir. C'est pour moi notre plus belle vocation : protecteurs et serviteurs du monde.

Post-scriptum

J'ai mentionné au fil de ces pages plusieurs combats urgents à mener pour faire évoluer la condition des animaux : de la création d'un label éthique du bien-être animal – qui exige l'autorisation de l'abattage à la ferme et interdit d'égorger un animal sans étourdissement préalable – à l'interdiction de l'expérimentation sur les animaux lorsqu'il existe des solutions alternatives, en passant par la création d'un secrétariat d'État à la Condition animale, etc.

Il existe des centaines d'associations et quelques grandes fondations qui consacrent beaucoup d'énergie et de moyens à défendre la cause animale. Mais elles agissent le plus souvent sans coordonner leurs efforts, et il manque en France, comme cela existe dans les pays anglo-saxons, une structure qui ait pour principal objectif de rassembler les associations autour de combats ou de revendications précis.

C'est la raison pour laquelle j'ai décidé de créer l'association loi 1901 « Ensemble pour les animaux ». Sa mission consiste à fédérer des personnalités, des associations et des fondations défendant les animaux autour de causes concrètes. La première d'entre elles, compte tenu du contexte politique dans lequel est publié cet ouvrage, c'est de revendiquer la création d'un secrétariat d'État à la Condition animale.

Une pétition nationale va être lancée à cet effet dès la publication de ce livre. Vous pourrez en prendre connaissance et la signer en vous rendant sur le site (www.ensemblepourlesanimaux.org) ou sur la page Facebook de l'association (Association Ensemble pour les animaux). Merci de votre participation !

Vous pouvez retrouver l'actualité
de Frédéric Lenoir sur sa page Facebook
et sur son site :
www.fredericlenoir.com

NOTES

Ouverture : Bien chers animaux...

1. Spinoza, *Éthique*, III, 9, scolie.

1. Comment *Homo sapiens* est devenu le maître du monde

1. Yuval Noah Harari, *Sapiens. Une brève histoire de l'humanité*, Albin Michel, 2015, p. 51.

2. De la domestication à l'exploitation

1. Boris Cyrulnik, Élisabeth de Fontenay, Peter Singer, *Les animaux aussi ont des droits*, entretiens avec Karine Lou Matignon, Seuil, 2013, p. 227.
2. Matthieu Ricard, *Plaidoyer pour les animaux. Vers une bienveillance pour tous*, Allary Éditions, 2014, p. 74.
3. Isaac Bashevis Singer, *Collected Stories: Gimpel the Fool to The Letter Writer*, Library of America, 2004 ; *Le Blasphémateur et autres nouvelles*, Stock, 1968.

3. Ne seriez-vous donc que des choses ?

1. Mark Twain, « Man's Place in the Animal World », in *Collected Tales, Sketches, Speeches and Essays, 1891-1910*, Library of America, 1992.
2. Genèse, 1, 26-28, traduction de Louis Segond.
3. Aristote, *Politique*, Vrin, 1995, p. 16.
4. René Descartes, *Discours de la méthode*, V, Vrin, 1987.

4. Sommes-nous si différents ?

1. Michel de Montaigne, *Essais*, livre I.
2. Michel de Montaigne, *Essais*, livre II.
3. Boris Cyrulnik, Élisabeth de Fontenay, Peter Singer, *Les animaux aussi ont des droits*, *op. cit.*, p. 199.
4. Werner Heisenberg, *Physique et philosophie : la science moderne en révolution*, Albin Michel, 1961, p. 55.
5. Frans de Waal, *Sommes-nous trop « bêtes » pour comprendre l'intelligence des animaux ?*, Les Liens qui libèrent, 2016.

5. Nos singularités

1. Rupert Sheldrake, *Les Pouvoirs inexpliqués des animaux*, J'ai lu, 2009.
2. Frans de Waal, *Sommes-nous trop « bêtes » pour comprendre l'intelligence des animaux ?*, *op. cit.*, p. 142-143.

3. Boris Cyrulnik, Élisabeth de Fontenay, Peter Singer, *Les animaux aussi ont des droits*, *op. cit.*, p. 236-237.

6. De l'exploitation à la protection

1. Arthur Schopenhauer, *Le Fondement de la morale*, Baillière, 1879.
2. Jeremy Bentham, *Introduction aux principes de la morale et de la législation*, 1789.
3. Émile Zola, « L'amour des bêtes », *Le Figaro*, 24 mars 1896.
4. Louise Michel, *Mémoires*, F. Roy, libraire éditeur, 1886.
5. Jacques Derrida, *L'animal que donc je suis*, Galilée, 2006.

7. Au-delà du débat du « spécisme »

1. Charles Darwin, *The Descent of Man, and Selection in Relation to Sex*, John Murray, 1871, p. 101 ; *La Filiation de l'homme et la Sélection liée au sexe*, H. Champion, 2013.
2. Boris Cyrulnik, Élisabeth de Fontenay, Peter Singer, *Les animaux aussi ont des droits*, *op. cit.*, p. 207.
3. Francis Wolff, *Notre humanité. D'Aristote aux neurosciences*, Fayard, coll. « Histoire de la pensée », 2010, p. 336.
4. Jean-Baptiste Jeangène Vilmer, *Éthique animale*, PUF, 2008, p. 47.
5. Peter Singer, *La Libération animale*, Payot, 2012, p. 31.

6. Boris Cyrulnik, Élisabeth de Fontenay, Peter Singer, *Les animaux aussi ont des droits*, *op. cit.*, p. 107.

8. Que faire ?

1. Franz-Olivier Giesbert, *L'animal est une personne*, Fayard, 2014 ; Pluriel, 2016, p. 134.
2. Isabelle Saporta, *Du courage. En finir avec ces trahisons qui nous tueront*, Fayard, 2017, p. 129-140.
3. Interview de Tom Regan dans les *Cahiers antispécistes*, n° 2, janvier 1992.
4. Matthieu Ricard, *Plaidoyer pour les animaux*, *op. cit.*, p. 256.

9. Un combat pour tous

1. Marguerite Yourcenar, *Le Temps, ce grand sculpteur*, Gallimard, 1983, p. 157.
2. Aymeric Caron, *Antispéciste : réconcilier l'humain, l'animal et la nature*, Don Quichotte éditions, 2016, p. 267.
3. Matthieu Ricard, *Plaidoyer pour les animaux*, *op. cit.*, p. 91.

Pour conclure

1. Peter Singer, *La Libération animale*, *op. cit.*, p. 333.

REMERCIEMENTS

Je remercie de tout cœur celles et ceux qui ont relu ces pages avec attention et m'ont fait part de leurs précieuses remarques : Charlotte Avril, Alexandre Hagège, Pascale Hertrich, Astrid Heyman Valois, Guila Clara Kessous, Julie Klotz, Karine Lou Matignon et Ghislain Zuccolo.

Un grand merci également à Marion Parsy (www.parsyparla.com) pour ces beaux dessins d'animaux ainsi qu'à Reha Hutin et à la fondation 30 millions d'amis pour les combats menés et l'amitié partagée lors du prix littéraire annuel de la fondation.

BIBLIOGRAPHIE

Jean BIRNBAUM (dir.), *Qui sont les animaux ?*, Folio, 2010.

Florence BURGAT, *Une autre existence : la condition animale*, Albin Michel, 2012.

Aymeric CARON, *Antispéciste : réconcilier l'humain, l'animal et la nature*, Don Quichotte éditions, 2016.
—, *No steak*, Fayard, 2013 ; J'ai lu, 2014.

Boris CYRULNIK, Élisabeth DE FONTENAY, Peter SINGER, *Les animaux aussi ont des droits*, entretiens avec Karine Lou Matignon, Seuil, 2013 ; Points, 2015.

Jacques DERRIDA, *L'animal que donc je suis*, Galilée, 2006.

Élisabeth DE FONTENAY, *Le Silence des bêtes : la philosophie à l'épreuve de l'animalité*, Fayard, 1998 ; Points, 2015.

Franz-Olivier GIESBERT, *L'animal est une personne : pour nos sœurs et frères les bêtes*, Fayard, 2014 ; Pluriel, 2016.

Yuval Noah HARARI, *Sapiens. Une brève histoire de l'humanité*, trad. de Pierre-Emmanuel Dauzat, Albin Michel, 2015.

Jean-Baptiste JEANGÈNE VILMER, *L'Éthique animale*, PUF, 2015.

Dominique LESTEL, *L'animal est l'avenir de l'homme : munitions pour ceux qui veulent (toujours) défendre les animaux*, Fayard, 2010.

Jean-Pierre MARGUÉNAUD, *L'Animal en droit privé*, Presses universitaires de Limoges, 1992.

Karine Lou MATIGNON, *À l'écoute du monde sauvage : pour réinventer notre avenir*, Albin Michel, 2012.

Karine Lou MATIGNON (dir.), *Révolutions animales. Comment les animaux sont devenus intelligents*, Arte éditions/Les Liens qui libèrent, 2016.

Jocelyne PORCHER, *Vivre avec les animaux : une utopie pour le XXI*e *siècle*, La Découverte, 2011.

Tom REGAN, *La Philosophie des droits des animaux*, trad. de David Olivier, Françoise Blanchon Éditeur, 1991.

Matthieu RICARD, *Plaidoyer pour les animaux. Vers une bienveillance pour tous*, Allary Éditions, 2014 ; Pocket, 2015.

Jonathan SAFRAN FOER, *Faut-il manger les animaux ?*, trad. de Gilles Berton et Raymond Clarinard, éditions de l'Olivier, 2011 ; Points, 2012.

Peter SINGER, *La Libération animale*, trad. de Louise Rousselle et David Olivier, Grasset, 1993 ; Payot, 2012.

Frans DE WAAL, *Le Bonobo, Dieu et nous : à la recherche de l'humanisme chez les primates*, Les Liens qui libèrent, 2013 ; Actes Sud, 2015.

Frans DE WAAL, *Sommes-nous trop « bêtes » pour comprendre l'intelligence des animaux ?*, Les Liens qui libèrent, 2016.

Francis WOLFF, *Notre humanité : d'Aristote aux neurosciences*, Fayard, coll. « Histoire de la pensée », 2010.

Table

Du même auteur :
(ouvrages disponibles)

Fiction

Cœur de cristal, conte, Robert Laffont, 2014 ; Pocket, 2016.

Nina, avec Simonetta Greggio, roman, Stock, 2013 ; Le Livre de Poche, 2014.

L'Âme du monde, conte de sagesse, NiL, 2012 ; version illustrée par Alexis Chabert, NiL, 2013 ; Pocket, 2014.

L'Oracle della Luna, tome I : *Le Maître des Abruzzes*, scénario d'une BD dessinée par Griffo, Glénat, 2012 ; tome II : *Les Amants de Venise*, 2013 ; tome III : *Les Hommes en rouge*, 2013 ; tome IV : *La Fille du sage*, 2016.

La Parole perdue, avec Violette Cabesos, roman, Albin Michel, 2011 ; Le Livre de Poche, 2012.

Bonté divine !, avec Louis-Michel Colla, théâtre, Albin Michel, 2009.

L'Élu, le fabuleux bilan des années Bush, scénario d'une BD dessinée par Alexis Chabert, Vent des savanes, 2008.

L'Oracle della Luna, roman, Albin Michel, 2006 ; Le Livre de Poche, 2008.

La Promesse de l'ange, avec Violette Cabesos, roman, Albin Michel, 2004, prix des Maisons de la presse 2004 ; Le Livre de Poche, 2006.

La Prophétie des Deux Mondes, scénario d'une saga BD dessinée par Alexis Chabert, 4 tomes, Vent des savanes, 2003-2008.

Le Secret, fable, Albin Michel, 2001 ; Le Livre de Poche, 2003.

Essais et documents

Philosopher et méditer avec les enfants, Albin Michel, 2016.

La Puissance de la joie, Fayard, 2015.

François, le printemps de l'Évangile, Fayard, 2014 ; Le Livre de Poche, 2015.

Du bonheur. Un voyage philosophique, Fayard, 2013 ; Le Livre de Poche, 2015.

La Guérison du monde, Fayard, 2012 ; Le Livre de Poche, 2014.

Petit traité de vie intérieure, Plon, 2010 ; Pocket, 2012.

Comment Jésus est devenu Dieu, Fayard, 2010 ; Le Livre de Poche, 2012.

La Saga des francs-maçons, avec Marie-France Etchegoin, Robert Laffont, 2009 ; Points, 2010.

Socrate, Jésus, Bouddha, Fayard, 2009 ; Le Livre de Poche, 2011.

Petit traité d'histoire des religions, Plon, 2008 ; Points, 2011.

Tibet, 20 clés pour comprendre, Plon, 2008, prix « Livres et droits de l'homme » de la ville de Nancy ; Points, 2010.

Le Christ philosophe, Plon, 2007 ; Points, 2009.

Code Da Vinci, l'enquête, avec Marie-France Etchegoin, Robert Laffont, 2004 ; Points, 2006.

Les Métamorphoses de Dieu, Plon, 2003, prix européen des Écrivains de langue française 2004 ; Pluriel, 2005.

L'Épopée des Tibétains, avec Laurent Deshayes, Fayard, 2002.

La Rencontre du bouddhisme et de l'Occident, Fayard, 1999 ; Albin Michel, « Spiritualités vivantes », 2001 et 2012.

Le Bouddhisme en France, Fayard, 1999.

Mère Teresa, avec Estelle Saint-Martin, Plon, 1993.

ENTRETIENS

Oser l'émerveillement, avec Leili Anvar, Albin Michel, 2016.

Sagesse pour notre temps, avec Leili Anvar, Albin Michel, 2016.

Voix d'espérances, avec Leili Anvar, Albin Michel, 2016.

Dieu, entretiens avec Marie Drucker, Robert Laffont, 2011 ; Pocket, 2013.

Mon Dieu... Pourquoi ?, avec l'abbé Pierre, Plon, 2005.

Mal de Terre, avec Hubert Reeves, Seuil, 2003 ; Points, 2005.

Le Moine et le Lama, avec dom Robert Le Gall et Lama Jigmé Rinpoché, Fayard, 2001 ; Le Livre de Poche, 2003.

Sommes-nous seuls dans l'univers ?, avec J. Heidmann, A. Vidal-Madjar, N. Prantzos et H. Reeves, Fayard, 2000 ; Le Livre de Poche, 2002.

Entretiens sur la fin des temps, avec Jean-Claude Carrière, Jean Delumeau, Umberto Eco, Stephen Jay Gould, Fayard, 1998 ; Pocket, 1999.

Les Trois Sagesses, avec M.-D. Philippe, Fayard, 1994.

Le Temps de la responsabilité. Entretiens sur l'éthique, postface de Paul Ricœur, Fayard, 1991 ; nouvelle édition, Pluriel, 2013.

Les Risques de la solidarité, avec B. Holzer, Fayard, 1989.

Les Communautés nouvelles, entretiens avec les fondateurs, Fayard, 1988.

Au cœur de l'amour, avec M.-D. Philippe, Fayard, 1987.

DIRECTION D'OUVRAGES ENCYCLOPÉDIQUES

La Mort et l'Immortalité. Encyclopédie des croyances et des savoirs, avec Jean-Philippe de Tonnac, Bayard, 2004.

Le Livre des sagesses, avec Ysé Tardan-Masquelier, Bayard, 2002 et 2005 (poche).

Encyclopédie des religions, avec Ysé Tardan-Masquelier, 2 volumes, Bayard, 1997 et 2000 (poche).

PAPIER À BASE DE
FIBRES CERTIFIÉES

Le Livre de Poche s'engage pour
l'environnement en réduisant
l'empreinte carbone de ses livres.
Celle de cet exemplaire est de :
350 g éq. CO_2
Rendez-vous sur
www.livredepoche-durable.fr

Composition réalisée par NORD COMPO

Achevé d'imprimer en août 2018, en France sur Presse Offset par
Maury Imprimeur – 45330 Malesherbes
N° d'imprimeur : 230145
Dépôt légal 1re publication : octobre 2018
LIBRAIRIE GÉNÉRALE FRANÇAISE – 21, rue du Montparnasse – 75298 Paris Cedex 06

27/0891/7